वहाँ मैं हूँ

और

अन्य कहानियाँ

वहाँ मैं हूँ

और

अन्य कहानियाँ

जया जादवानी

ISBN: 978-0-9997387-2-6

First Edition 2018
eKalpana Kitab Prakashan in 2018
Copyright © 2018 Jaya Jadwani
All rights reserved.
Cover painting by Vazda Khan
eKalpana Kitab Prakashan
ekalpanakitab@gmail.com
http://ekalpana.net/kitab

स्मृति, आकाश और मृदुल के नाम

पुरोवाक - जया जादवानी की रचनात्मक यात्रा

समकालीन कथाकारों के बीच अपनी विशिष्ट मौजूदगी दर्ज कराने वाली चर्चित कथाकार जया जादवानी की रचनात्मक यात्रा कथ्य के विशिष्ट स्वरूप, नए ढंग के किरदारों के दुर्लभ चित्रों एवं शिल्प के नए आस्वाद के लिए जानी जाती हैं, जिसमें मानव अस्तित्व की ऐसी विराट दुनिया से साक्षात्कार होता है जहाँ वे पूरी दार्शनिकता के साथ वैयक्तिकता, अस्तित्ववाद, समय और समाज के द्वन्द पर दार्शनिक मुद्रा में टकराती हैं. अंतरतम की अनदेखी, अनजानी दुनिया में पूरे आत्मविश्वास से घुसपैठ करते, जया जादवानी कथ्य के पारंपरिक सांचे-ढाँचे को तोड़ती फोड़ती किरदारों के दिखावटी बंधनों के आर-पार प्रेम के नैसर्गिक उत्स तक पहुँचने में कामयाब हो जाती हैं. स्वानुभूति से अर्जित संवेदनशील कोमल भाषा को वे जिस ज़मीन पर उतारती हैं वहां सम्मोहक बिंबों का चाक्षुक प्रयोग कथा के भीतर कथाओं की बंद गुफाओं को खोलते हुए अनूठी अर्थ-व्यंजना के झरोखे खोल देती हैं.

'मैं एक सांस हूँ तुम्हारे अंदर और बाहर होती हुई. तुम बहुत देर तक मुझे अपने से अलग नहीं रख सकते. बाहर आना मेरी अनिवार्यता है, छोड़ना तुम्हारी नियति.'

अभी तक जो कहानी कथा कहती थी या चरित्र पेश करती थी, जया के हाथों वह नया भावबोध जगाती है. उनकी कहानियों में कविता की भाषा में बतियाते पात्रों के बोल खुद कहानी के सूत्र बनकर दूधिया झरने की शक्ल में फूट पड़ते हैं. प्रेम के अलक्षित-अनसुलझे रहस्यों की भूलभुलैया में भटकते किरदार मन की अँधेरी गुफा में जीवन-जगत के जटिल सवालों से टकराते हैं. तब प्रगट होती है निजी अनुभवों से फूटती चुप्पी

और अंतर्जगत की यात्राओं की विरल झलकियाँ, प्रेम की शाश्वतता का विलक्षण और विरल अनुभव.

स्त्रीत्व के स्थापित मानकों के खिलाफ मुनादी करती कहानियों में वे एक दखल की तरह उपस्थित होती हैं.

'वे भीतर से खाली गोदाम थीं, जिसमें उनके पतियों ने अपना-अपना सामान भरा हुआ था, जिसे वे कीमती समझ इतरा रही थीं.'

जया जादवानी की कहानियों में आधुनिक स्त्री जीवन के खोखले चित्रों और बनावटी जीवन शैली पर प्रहार किया गया है. वे अंदर चल रही टूट-फूट और मन के विचलन को अपने ख़ास आत्मीय रंगों से भरते हुए व्यक्ति से वस्तु बनते जाने की त्रासदी को खूबसूरती से उकेरती हैं. गहन अनुभूतियों में डूबी ये कहानियां अंदरूनी चुप्पी और घुटन को मायनाखेज़ सन्नाटों से बुनती हमारी संवेदना को छूते हुए किसी जादुई दुनिया में ले जाती हैं. इस तरह वे प्रकृति और प्रेम के सम्मोहन को बुनते स्वप्निल संसार की अनुभूति को सूझबूझ से खोलते हुए रचनात्मकता के नए आयाम खोजने में सक्षम हैं.

वे 'मिठो पाणी खारो पाणी' जैसा व्यापक कलेवर वाला उपन्यास रचती हैं, जिसमें सिंधु नदी की मिठास के साथ अरब सागर का खारापन पूरी शिद्दत से महसूस होता है. सिंध के पांच हज़ार सालों के इतिहास को छोटे-छोटे काल खण्डों में इस तरह संजोया है, जिसमें सिंधी समाज की विसंगतियों और अंतर्विरोधों को जीवंत करते हुए, अविस्मरणीय किरदार रच दिए हैं.

'औरत सबको सुख देती है. देह का सुख, मन का सुख पर बदले में उसे क्या मिलता है, थोड़ी सी रोटी, थोड़ी सी दया.'

'ये अपने-अपने कब्रों में सोई हुई औरतें हैं, सदियों से खुद से बेखबर, अनगढ़ पत्थर.' वे पितृसत्ता की धज्जियाँ उड़ाते हुए लिख डालती हैं ... 'क़यामत का दिन उर्फ़ कब्र से बाहर.'

घर के मिथक को सवालों के कटघरे में खड़ा करते हुए वे सवाल उठाती हैं ...

'हमारे समाज में घर राहत की सांस लेने की जगह नहीं, जाने कितनी दुविधाओं, मुश्किलों, चिंताओं, परेशानियों व कुंठाओं का अजायबघर है.'

जया की रचनात्मक ऊर्जा को धार देती है उनकी कवित्वपूर्ण भाषा, जिसकी सुर, लय और ताल की चमक और धमक हर क्षण साफ़ सुनी जा सकती है.

'जीवन एक संघर्ष है, इससे भागो मत, सामना करो.'

आत्ममंथन, आत्मसाक्षात्कार और गहन आत्मांवेषी दुनिया में डूबकर रचती है उनकी कलम ...

'जैसे किसी गहरी झील पर एक हल्की सी परत बर्फ की जम जाती है, बेहद कड़ाके की ठण्ड में बर्फ टूट जाती है और हम अंदर जा गिरते हैं पर इससे एतबारों का कुछ बनता-बिगड़ता नहीं. वे वैसे ही होते हैं. बस कभी-कभी धूप में झुलस जाते हैं, उनका उपरी हिस्सा काला पड़ जाता है, छिलका उतार दीजिए, अंदर वही नया अंकुर.'

समकालीन महिला लेखन में जया इसलिए विशिष्ट हैं कि वे आज की चौतरफा जलती स्ट्रीट लाईट की तेज रौशनी में उदास व अकेले पड़ गए चेहरों की व्यथा को पहचान देती हैं और पूरी आत्मीय संवेदना से ओट में रह गई पीड़ा को शब्दों में गूंथती हैं. सामान्य सी दिखती दुनिया में नव्यतम अर्थों का संधान करती जया जादवानी की कलात्मक ऊंचाई वाली उनकी भाषा निर्मल वर्मा की याद दिला देती हैं.

रजनी गुप्त

शाम की धूप में

सुबह के चार बजते हैं और एक अलार्म सा बज उठता है उनके भीतर. 'हे राम' कहते हुए वे धीरे-धीरे उठते हैं –

'दया करो मेरे साईंयां, ड़ियो प्रेम की डा़त

सुख-दुःख और कछु व्यापे नहीं, छूटे सब उत्पात.'

राधास्वामी की तस्वीर पर उनकी नज़र पड़ती है और बहिन की कही पंक्तियाँ उनके मन में गूंजती हैं पर उन पंक्तियों से वे एकात्म नहीं हो पाते. पंक्तियाँ उनसे उतनी ही दूर हैं, जितने 'राधास्वामी' बल्ब की पीली रोशनी में. वे दोनों को कुछ देर देखते रहते हैं.

बरामदे से निकल कर वे ऊपर आसमान देखते हैं – अभी बहुत रात है. वे वापस बिस्तर में घुस कम्बल चारों ओर लपेटते हैं और ध्यान की मुद्रा में बैठ जाते हैं. इधर-उधर से हवा घुसती है और कम्बल को ठीक से लपेटने की कोशिश में ही बहुत देर हो जाती है. वे उसे झटके से फेंक पलंग पर बैठे रहते हैं.

वे उठ गई हैं. उनके बरामदे में चलने की आवाज़ वे सुनते रहते हैं. सबसे पहले वे पानी की मोटर चलाएंगी. मोटर इतनी जोर से आवाज़ करता है कि सारी आवाज़ें उसमें डूब जाती हैं. मोटर के चलते ही उन्हें लगता है, अब समय हो गया. वे बाहर निकल आते हैं. वे बाथरूम की ओर जा रही हैं. उन्होंने धीरे-धीरे उनका दूर जाना महसूस किया और बरामदे के नीम अँधेरे में चुप खड़े रहे.

बरामदा उन्हें हमेशा एक पुल की तरह लगता है, जो इनके और उनके कमरे के बीच है. वे हमेशा एक-दूसरे को गुज़रते हुए देखते हैं. अलग-

अलग कपड़ों में, अलग-अलग तरकीबों से, एक-दूसरे से बच निकलने और एक-दूसरे को धता न बता सकने के अफ़सोस के साथ.

ये वापस आ रही हैं ... वे ब्रश कर रहे हैं. वे जोर-जोर से खांसकर अपना गला साफ़ करते हैं. उनका इस तरह खांसना उन्हें अच्छा नहीं लगता. सबकी नींद ख़राब होती है. बिस्तरों से कसमसाती आवाजें आती हैं ...

'उफ़. सुबह-सुबह.'

'क्या भई?'

'अरे या...र ... मुसीबत है.'

वे उन्हें कहना चाहती हैं – 'बस करो.'

सिर्फ इतनी सी बात नहीं, बल्कि शब्दों के पूरे पहाड़ हैं उनकी छाती पर, जिसके नीचे सदियों से दबी हुई हैं वे. ढेर के ढेर सख्त-बेजान, खुरदुरे शब्दों के वे पहाड़, जिन्हें छाती से उतार फेंकने की न उनमें सामर्थ्य है न इच्छा बल्कि कभी-कभी तो वे इसके नीचे स्वयं को सुरक्षित महसूस करती हैं.

ये अंदर चली गईं. अब ये तभी बाहर निकलेंगी, जब वे अंदर जा चुके होंगे.

ब्रश से निपटकर उन्होंने कपडे उतारे और तेल मालिश करने लगे. बीच-बीच में वे उँगलियों में फंसा जिस्म की सलवटें देखते जाते और अनिश्चित सी मुद्रा में बड़बड़ाते जाते. सुबह उन्हें तैयार होने की जल्दी रहती है. जब तक पूरे तैयार नहीं हो जाते, एक अजीब सी हड़बड़ी में होते हैं. घर के पीछे बने रेलवे फाटक के पार से जब पहली यात्री बस के आने का हार्न होता, वे जूते पहन रहे होते. फिर वे तुरंत घर से निकल पड़ते और जब बस के गुज़रने के लिए फाटक खुलता, वे भी पार जा रहे होते.

ऊपर की चढ़ाई से वे जब नीचे अपने खेतों की तरफ उतर रहे होते तो हरियाली से भर जाते. अब वे अपने अंदर उतर सकते हैं. अपने अंदर के उन घुमावदार रास्तों पर, जहाँ जाने कितनी किस्मों के फलों से लदे वृक्ष झूम रहे हैं. वे फल, जिन्हें कोई नहीं चख सका, वे खुद भी नहीं.

आसपास की सारी आवाज़ें उन पर ऐसे गिरती हैं, जैसे हवा में सूखे पत्ते उड़ते हैं और वे उन सबसे बेखबर अपने में डूबे उतरते चले जाते.

यहाँ आकर उन्हें अच्छा लगता. गाय-भैंसों को दुलारते, उनकी पीठ थपथपाते. यहीं आकर उन्हें लगता है, जब तक किसी को दुलारा जा सकता है, दुलार लो फिर पता नहीं कब वह आपके दुलारने की हदों से दूर जा गिरता है. वे रामखेलावन को 'खली- चुनी' बनाते हुए देखते हैं और उस पर नाराज़ होते हैं कि वह जानवरों को ठीक से नहीं खिलाता, वे दिनों-दिन दुबले होते जा रहे हैं. रामखेलावन कोई जवाब नहीं देता. वह रोज यही सुनता है. वे अपने में डूबे बड़बड़ाते जाते हैं, वह अपने काम में भिड़ा रहता है.

एकाएक ही वे पूछते हैं – 'कितना दूध जाता है घर?'

'सुबह पांच किलो और शाम को चार किलो.' वह अंदाज़े से बतलाता है.

'पीने को तो कभी नहीं मिलता', अनायास उनके मन में आता है और वे रामखेलावन को देखकर मुस्कराते हैं.

'तुम्हारे और मेरे जैसे लोग तो मजदूरी करने के लिए पैदा होते हैं रामखेलावन, घी-दूध हमारे नसीब में कहाँ?'

रामखेलावन उनकी तरफ देखकर मुस्कराता है. वे उसे वहीं छोड़ खेत का पूरा चक्कर लगाने निकल पड़ते हैं.

इस बार फसल अच्छी हुई है. इस बार वे जरूर गेहूं के एक-दो बोरे नौकरों में बाँट देंगे. पिछली बार भी उन्होंने घरवालों से कहा, 'अरे इतना गेहूं क्या करोगे? इन गरीबों को भी दो.'

पर कोई माने तब न? इस बार जाम भी बहुत अच्छे हुए हैं, अब दांत तो हैं नहीं. पपीता तो कोई पकने ही नहीं देता. लोग कच्चे ही तोड़कर ले जाते हैं. वे एकाएक केले के पेड़ के सामने रुक जाते हैं.

'रामखेलावन, इधर आ.' वे जोर से पुकारते हैं. वह झुंझलाता हुआ भागता आता है.

'इस बार केले अच्छे होगें, हमने पहली बार लगाया है. तुम भी खाना, बहुत हैं. पता नहीं कितने दर्जन होंगे?'

वह चुप खड़ा रहा.

'साल में कितनी बार फल देता है?'

'एक ही बार देता है बस, फिर इसे काट कर फेंक देते हैं.'

'फेंक? फेंक क्यों देते हैं?' वे आश्चर्य से उसे देखते रहे.

'किसी काम का जो नहीं रहता. जगह छेंक के खड़ा रहता है.'

'जगह छेंक के?'

वे स्तब्ध खड़े रहे. हाँ, जगह ही तो छेंकी है उन्होंने, काम के तो कब के नहीं रहे.

वे एकाएक उदास हो गए. उनकी आँखों के सामने फैले सारे रंग बुझ गए. भिंडी, टमाटर, मटर के छोटे-छोटे पौधे, छोटी-छोटी हरी मिर्चें और बैंगन और उनके बीच चलता हुआ रामखेलावन, जैसे किसी दूसरी ही दुनिया का दृश्य है. ऐसी दुनिया जो उन्होंने आज से पूर्व नहीं देखी. वे वहीं सीमेंट की नाली के ऊपर बैठ गए. उनके सामने कुछ ही दूरी पर एक बड़ा सा गड्ढा है, जिसमें हर रोज का गोबर डाला जाता है, खाद बनाने के लिए. वे चुपचाप उसी ओर देखते रहे. एक गहरी थकान उनके बूढ़े जिस्म में भरने लगी. कितनी स्मृतियाँ भरी हैं उनके भीतर, सत्तर साल की स्मृतियाँ खाद बन गईं पर किसी ने लिया नहीं. किसी को जरूरत ही नहीं.

'मुझे ले लो, खाली कर दो, मैं थक गया हूँ, मैं भर गया हूँ, मुझमें से गंध फूटने लगी है. मैं धीरे-धीरे अपना व्यर्थ हो जाना देख रहा हूँ, अपना पक के सड़ जाना.'

उन्हें लगा, उस गढ़े के अंदर वे स्वयं चिल्ला रहे हैं. वे उठकर चुपचाप सूखे पत्तों के बीच चलते रहे.

छोटे-छोटे पौधे सुबह की ताज़ा हवा में झूम रहे हैं. दूर से भैंस दुहने की आवाज़ आ रही है. उन्होंने गुलाब के पौधे से एक फूल तोड़ा, सूंघा और

जेब में रख लिया. उन्हें खुशबू से प्यार है. जवानी में भी इत्र से डूबा रुई का फाहा अपने दोनों कानों के ऊपरी हिस्से में फंसा देते. बस, फिर सारा दिन खुशबू ही खुशबू. सुबह उठकर जब वे बाहर आते थे, दोनों लड़के उनका तकिया सूंघते और अनुमान लगाते, आज कौन सा सेंट है? स्मृतियों में होना उनके चेहरे पर की त्वचा से छलकने लगा और वे धीरे-धीरे चलते हुए कुएँ के पास जाकर खड़े हो गए. अंदर झाँका, हवा वहां भी लहरें बना रही है. उन्हें एकाएक गहरी प्यास लगी. वे वहीं खड़े रहे. पता नहीं, कुआं उनमें था या वे कुएँ में. उन्हें लगा, वे सदियों से एक गहरे कुएँ में खड़े हैं. काले पानी में. वे आवाज़ देना चाहते हैं किसी को ...

'सुनो! सुनो! कोई है? कोई है?'

उनका चिल्लाना सुनकर रामखेलावन दौड़ता आता है. 'कुछ चाहिए काका?'

वे उसकी ओर देखते हैं, पसीने से त-र-ब-त-र ... 'हाँ चाहिए, पानी.'

वह लौट जाता है. वे भी लौट पड़ते हैं. रास्ते में वह पानी देता है.

'प्यास ही जीवन का असली सच है, बाकी सब झूठ.'

घर पहुंचकर बरामदे में अपनी कुर्सी पर बैठ गए. रसोई की ओर कान लगाए. कोई आवाज़ नहीं.

'अरे भई, चाय मिलेगी? कोई है?'

'हाँ... हाँ... मिलती है.' बहू की झुंझलाहट भरी आवाज़ आई... 'आ गया.'

उन्होंने ध्यान नहीं दिया. वह प्लेट में कुछ बिस्कुट और पानी रखकर चली गई. वे कुछ देर बिस्किट्स को देखते रहे फिर पानी में डुबोकर खाने लगे. चार बिस्किट थे, ख़त्म हो गए. अब? अब नहीं. चाय आई तो वे चुपचाप पीने लगे फिर वहीं पैर पसार कर लेट से गए और उनके कमरे की ओर देखने लगे. बरामदे में धूप उतर आई है, उनकी चौखट तक बिछी हुई. फर्श पर धूप. अन्दर अँधेरा. अगर उन्होंने इस तरह न जिया होता, जिस तरह जिया तो आज बुढ़ापा भी ऐसा न होता. वे उनके पास बैठी मटर-फलियाँ छील रही होतीं या ऊन और धागे के लच्छों को

अपने कमज़ोर घुटनों में फंसा उनका गोला बना रही होतीं. तब वे उनसे कुछ कह सकते थे. और तो कोई नहीं सुनता. यह जो किसी से दो शब्द कहने-सुनने को वे दिन भर मारे-मारे फिरते हैं, वे उनसे कह सकते थे. कितने बरस हो गए, उन्होंने उनसे कुछ पूछा तक नहीं. जब वे बहुत बीमार थीं और उनकी बच्चेदानी निकाली गई थी, तब भी नहीं. जब उनकी आँखों का आपरेशन हुआ था और आँखें फिर हमेशा के लिए चली गई थीं, तब भी नहीं. पता नहीं, किस रास्ते से होकर वे उनसे दो मिनट मिलते थे फिर वापस अपनी सुरक्षित जगह पर आ जाते थे. उन्हें कभी नहीं लगा, उस तरफ भी एक दुनिया है, जिसे जानने की जरूरत होनी चाहिए. उन्हें सिर्फ अपनी दुनिया रोमांचकारी लगती, जिसमें वे रहते थे. ओह, कौन जानता था, ये दिन भी आएंगे कि उन्हें भी सबकी इतनी जरूरत महसूस होने लगेगी.

उनकी बड़ी जबरदस्त इच्छा हुई, वे उठें और उन्हें उनके अंधेरों से निकाल बरामदे की धूप में ले आए. उनसे कुछ ऐसा कहें, जो कभी नहीं कहा पर वे उठे नहीं, बैठे रहे. उन्हें अब डर लगता है. शब्द जो अंदर पत्थर बन गए हैं, अब कहे नहीं जाते. अब तो वे उन्हें एक-दूसरे पर फेंकने लगते हैं और चोट खा जाते हैं. वे अखबार उठाकर देखने लगते हैं.

थोड़ी देर में बेटा उठा. फ्रेश होकर आया तो बहू ने खूब सारी चीज़ें लाकर उसके सामने रख दीं – केक, बिस्किट, दूध में भीगे हुए बादाम, काली किशमिश. वह झुंझलाया. 'सुबह-सुबह ये सब अच्छा लगता है क्या? रोज़-रोज़ लाकर रख देती हो.'

वह हंस-हंसकर मना-मनाकर बादाम मुंह में डालती जाती. वह झुंझलाता हुआ खाता जाता. अखबार के पार उनकी निगाहें देख रही हैं.

मक्खियाँ उनके चाय के प्याले पर और उनके घुटनों पर बैठने लगी हैं. वे उन्हें उड़ाते नहीं. कुछ पाने की उम्मीद उन्हें भी है. 'उम्मीद' – यह शब्द किसी गहरे कुएँ में खाली लोटे की तरह गिरा और 'डब-डब' की

आवाज़ के साथ उसका डूबना देर तक वे अपने रोम-रोम में महसूस करते रहे.

'आज क्या करेंगे?' वे अपने शुरू हो रहे दिन के बारे में सोचने लगे. अभी तक ट्रक नहीं आई, कोई नौकर आए तो देखने के लिए भेजें कि क्या बात है? इसे तो फिकर ही नहीं है. वही जाकर मिल खोलेंगे फिर सफ़ाई वगैरह करवा कर जैसे ही चेयर पर बैठेंगे, ये आ जाएगा. पता नहीं क्यों, इसके आते ही वे असहज हो उठते हैं. खुद को फ़ालतू सा महसूस करने लगते हैं, नौकरों से बात करना शुरू करेंगे तो ये झट कहेगा ...'आप चुपचाप बैठे रहिए.'

चुपचाप! चुप होना उन्हें बहुत खतरनाक लगता है. वे हमेशा कुछ न कुछ बोलते रहना चाहते हैं. बोलना यानी किसी से जुड़ना. चुप होते ही अपने ही शब्दों का अपने अंदर खाली बरतन सा बजना उन्हें डरा देता है और वे उस जगह से उठकर शब्दों की दुनिया में आ जाना चाहते हैं.

'मुझे घर जाना है, छोड़ दो.' वे नौकर से कहते. वह मालिक का मुंह देखता. उसका इशारा पाते ही वह स्कूटर निकालता और उन्हें घर छोड़ देता. फिर धीरे-धीरे कम कर दिया उन्होंने वहां जाना.

बाप के बाद बच्चों की बारी आई. उन्हें स्कूल के लिए उठाया गया. मिन्नतें कर-कर के खिलाया गया और तैयार किया गया.

'अच्छा-अच्छा स्कूल जा रहे हो, अच्छे से पढ़ना. बिना पढ़े कोई बड़ा आदमी नहीं बना आज तक.'

बच्चों को उनकी बातों में कोई दिलचस्पी नहीं. वे उनकी तरफ देखे बगैर बाहर चले गए.

धूप उनके सिर पर आने लगी थी. उन्होंने अपनी कुर्सी धूप से दूर खिसका ली. अखबार पास घसीट लिया और सतर्क होकर बैठ गए कि बेटा पास से निकलेगा तो बात कर लेंगे. वह आईने के सामने खड़ा हो शेव बना रहा है. उनसे रहा नहीं गया, कहा, 'ट्रक नहीं आई अभी तक?'

उसने कोई जवाब नहीं दिया.

'मिल भी चालू नहीं हुई है, दस बज रहे हैं. नौकर नहीं आया कोई.'

कहते ही उन्हें याद आया, कल रात मिल में 'नाईट शिफ्ट' चली है. लेबर सुबह छः बजे घर गए हैं. बेटे ने अब भी कोई जवाब नहीं दिया. उसने तौलिया उठाया और बाथरूम में घुस गया. वे निराश्रित से दरवाज़े को देखते रहे. मक्खियाँ अब भी उनके घुटनों और बाँहों पर बैठी हैं. उन्हें भगाने का मन नहीं कर रहा. पेट में मरोड़ उठ रही है. बहुत तेज भूख लगी है. उठकर पानी पीते हैं और फिर आकर बैठ जाते हैं. सोचा, अंदर झाँक लें, शायद बैठी हों. हालाँकि उन्हें यकीन था, वे लेटी ही होंगी. वे हर वक्त लेटी रहती हैं. बहुत देर नहीं बैठा जाता उनसे. फिर भी वे उठते हैं, खिड़की से झांकते हैं, वे लेटी हुई हैं. पास से बहू गुज़रती है. वे अजब से संकोच में भरकर वापस कुर्सी पर आ बैठते हैं.

थोड़ी देर में बहू नाश्ता लाकर रख जाती है. वे अपनी थाली देखते हैं और क्षोभ से भर जाते हैं. परांठा और मुरब्बा, रोज वही. वे गुस्से से उफनने लगते हैं. घर का मालिक हूँ, भिखारी नहीं. विवशता से उनकी आँखें भर आती हैं. आज उनका मन हलवा खाने का कर रहा था या सेंवई या दूध की बनी कोई मीठी चीज़. बरसों से जैसे वे किसी अतृप्ति से छटपटा रहे हैं. भूख! भूख! भूख! दोहरी भूख उन्हें मार रही है. उन्होंने एक झटके से थाली उठाई और फटाक से पत्नी के कमरे का दरवाज़ा खोला फिर एक झटके से उस सोती की बांह खींच उसे बिस्तर पर बैठा दिया.

'देख. देख. ये खाना मिलता है मुझे तेरे जीते जी और तू? तू सारा दिन सोती रहना जानवरों की तरह. तुझसे इतना भी नहीं होता कि मुझे कुछ बनाकर खिला दे. देख. अंधी बनकर बैठी हुई है.'

भय और आतंक से कांपती वे थाली पर अपनी उँगलियाँ फेरने लगती हैं. उन्हें बहुत कम दिखता है. आदमी की जगह आदमी की परछाई, रोटी की जगह रोटी की परछाई. उन्होंने परछाइयों के बीच रहने की आदत बना ली है.

'मैं भी तो यही खाती हूँ. सब यही खाते हैं. तुम्हारा बुढ़ापे में भी जवानी का चस्का नहीं गया. मैं भी क्या करूँ? भगवान ने अँधा बना दिया. जवान थी तो जो कहते थे, बना देती थी. अब ... 'वे रोने लगीं.

उन्होंने उन्हें वापस बिस्तर पर फेंक दिया एक हाथ से और दूसरे हाथ में पकड़ी थाली बाहर उछाल दी बरामदे में. उन्होंने थाली के झनझनाने की विस्फोटक आवाज़ सुनी और अपने बिस्तर में दुबक गईं. एक संभावित आशंका उनके चेहरे पर काली परछाई की तरह डोल गई.

वे कमरे से बाहर निकले तो बेटा बरामदे में खड़ा था. भीगा बदन और भीगे बाल लिए. एक मिनट के लिए वे डर गए. उन्होंने भी गुस्से से उसे देखा और तेज-तेज चलते अपने कमरे में आ गए. बाहर बहू बेटे के सामने चिल्ला रही है ...

'समझा दो अपने बाप को, इतना अकड़ने की जरूरत नहीं है. यही खाना है, यही मिलेगा. खाना है तो खाओ नहीं तो कोई और प्रबंध कर लो अपना. कहीं जाता भी तो नहीं. चौबीस घंटे छाती पर मूँग दलता रहता है.'

अपने कमरे में वे चुप लेटे हुए हैं. अचानक ही उन्होंने अपने आपको अपने भीतर खींच लिया है. उनके लिए 'सब-कुछ' के अब दो हिस्से हो गए. एक वह, जहाँ शब्द पत्थरों की तरह बरस रहे हैं. एक वह, जहाँ बहुत देर तक चुप रहा जा सकता है.

वे लेटे-लेटे छत की ओर ताकने लगे. कोनों में जाले हो गए हैं. दीवारें बदरंग. चीज़ों पर धूल. उन्होंने दीवार पर टंगी राधास्वामी की तस्वीर देखी. नहीं, तुम कुछ नहीं कर सकते. कोई कुछ नहीं कर सकता. उनके पेट में बेतरह मरोड़ उठ रहे हैं. उफ़, ये पेट! कुछ भी तो नहीं रह जाता इसके सामने? न शर्म, न हया, न इज्ज़त! कैसे जाएं बाहर? खा लेते आज भी. रोज तो खा ही रहे हैं. वक्त तो गुज़र ही रहा है जैसे-तैसे. शुरू से ही कितने शौक़ीन थे वे अच्छे खाने के. उन्हें याद आती हैं भरी हुई गरम थालियाँ, बादाम डला सूजी का हलवा, गरम-गरम मालपुए, हर किस्म के फ्रूट. शुद्ध घी से बने परांठे. हर खाने में चार-चार सब्जियां. बगल में बार-बार 'कुछ और? कुछ और?' पूछती पत्नी. उनकी आँखें क्या गईं, सब चला गया. घर में टटोलती हुई घूम लेतीं, चावल धो देतीं, दाल भिगो

देतीं, आटा गूँध देतीं. कोई नहीं छोड़ता. दो रोटियों का हिसाब तो देना ही पड़ेगा.

कभी-कभी पत्नी को टब भर कपड़ों पर साबुन घिसते देख उनकी आत्मा जलने लगती. जी करता, उन्हें बाजुओं में भरकर अंदर चारपाई पर डाल दें पर उनके रास्ते हमेशा अलग रहे. जब भी वे भूल-चूक से टकराए, विस्फोट हुआ और दोनों लहूलुहान एक-दूसरे से और दूर जा गिरे. अब वे उन बंद कमरों को कभी नहीं खोलते, जहाँ से मारपीट और चीखने-चिल्लाने की आवाजें आती हैं.

मिल चलने की आवाज़ आती है. वे उठकर बैठ गए. कम से कम वहीं जाकर बैठेंगे. घर में सन्नाटा छा गया है. वे जूते पहनकर बाहर आ गए हैं. मिल के बाहर मजदूर खड़े बातें कर रहे हैं. वे पहुँचते ही उन पर बरस पड़ते हैं.

'बारह बज गए हैं और अभी तक तुम लोगों ने काम शुरू नहीं किया. नालायक है मेरी औलाद. रात...'

'इधर आओ तुम लोग.' तेजी से उनकी बगल से छोटा गुज़रा और मजदूरों से कहता गया. सब हँसते हुए उधर चले गए.

तूफान के थम जाने तक वे उसी तरह लेटी रही थीं. सब-कुछ शरीर से है. शरीर नहीं तो कुछ नहीं और इतनी सी बात उन्हें समझ में नहीं आती. जवानी गई, सब गया. अब तो सिर्फ मोहताजी बची है. जो मिलता है शुक्र कर ले लो, चिल्लाने से क्या मिलेगा? तुम एक कहोगे, ये दस कहेंगे. पर क्यों कहेंगे ये दस? इन्हें इतना हक दिया किसने? उनके माथे की शिराएँ तपने लगीं. जिसने भरी जवानी अच्छा खाया-पिया, उसे ये रूखी-सूखी रोटियां पचेंगी? और क्यों पचें? इन्हीं का कमाया हुआ है, जिस पर सब ऐश कर रहे हैं, तुम्हारा अपना क्या है, जरा हम भी तो देखें? जो है, हमीं ने बनाकर दिया है और हमीं से? तुम्हारे बच्चे लेंगे तुमसे बदला, हम तो न ले सकेंगे. एक दिन तड़फोगे हमारी तरह, तब जानोगे बुढ़ापे का दर्द. पर जब जाना, हमें क्या? हम तो नहीं रहेंगे ... उनके

आंसुओं से तकिया गीला होता रहा. सुबह से नहीं खाया कुछ, भूख से चक्कर आ रहे होंगे. चैन भी तो नहीं आता कहीं. अरे, तुम्हें क्या करना है? मिल खुले, न खुले, ट्रक आए, न आए. तुम पड़े रहो चुपचाप अपना खा-पीकर, जो मिले. जब तुम्हारी कोई सुनता नहीं, तुम्हारे बोलने का कोई जवाब तक नहीं देता तो क्या जरूरत है फिर? पर नहीं, बोलने की तो बीमारी है. कोई नहीं मिलेगा तो अपने-आपसे बोले जाएंगे. उँगलियाँ हवा में ही चलती रहेंगी. मुझे देखो, जो मिलता है निगल कर पड़ी रहती हूँ. चिल्लाऊँ तो ये भी न मिले. कैसे बनाऊँ तुम्हारे लिए कुछ? रसोई में कौन जाने देगा? कुछ गिर गया तो वह झट कहेगी, 'बाहर चलिए आप, जितना कहा जाए, उतना ही कीजिए.'

अच्छा है तुम्हारे लिए. अगले ही पल उनका मन वितृष्णा से भर गया. सारी जवानी बंदियों की तरह सेवा की. कौन सी कद्र की तुमने? सुख लेने-देने का तो हमारा रिश्ता ही नहीं रहा कभी. क्या नहीं किया तुम्हारे लिए? क्या था तुम्हारे पास? सिंध में थे तब भी रोज़गार की मुसीबत. दिन भर सास के साथ मशीन चलाती तब कहीं घर की रोज़ी-रोटी चलती. बँटवारा हुआ तो कैम्पों में रहे, वहां भी मशीन चलाई. पेट से थी जब भागे थे वहां से, बच्चा भी नहीं रहा वह. कभी कच्चा, कभी पक्का, जो मिला, खाकर गुज़ारा किया मगर तुम्हें हमेशा अच्छा दिया. यहाँ आकर भी मशीन ही चलाई. बच्चे पैदा होते रहे, मरते रहे. चौदह बच्चों में इन दो को बचा पाई, जाने कितने मंदिरों-मस्जिदों में माथा टेकने के बाद. कोई कहता- इस पीर के पास जाओ. कोई कहता- उस फ़क़ीर के पास जाओ. सभी जगहों पर गए यह सोचकर कि शायद कोई वंश चलाने वाला बच जाए. गाय दान की, सोना दान किया, सब किया. खुद कैसे भी रहे पर इनको कोई कमी नहीं होने दी. न औलाद अपनी हुई, न तुम. जब कर्जे पर मिल उठाई, मैंने भी दिए थे पचास हज़ार रुपए, अपनी मेहनत की गाढ़ी कमाई. तब कहते थे, यह अहसान मैं कभी नहीं भूलूंगा. एहसान? तुम तो सुख के साथी भी नहीं हो, मेरे दुःख से तुम्हें क्या? कभी हारी-बीमारी में चादर उठाकर पूछा – क्या हुआ? कितनी भी तकलीफ में रही, तुम्हें अच्छा बनाकर दिया कि लो खाओ और तेवर तो देखो. जरा

11

सा खाना कम-बेसी हुआ तो थाली फेंकी और मारपीट शुरू. अब फेंकते हो तो पता चलता है न, कैसे चुपचाप निकल गए. मर्द हो न, करते सामना. तब तो कहते थे – वह मर्द ही क्या जो मादा से डर जाए. डरा तो रही है एक मादा तुम्हें, करो मुकाबला, भाग क्यों गए? भगवान अंधा थोड़े ही है, यहीं का यहीं ले लेगा. अब करके दिखाओ आवाज़ ऊँची. मुझसे तो बगैर गाली दिए कभी बात नहीं की. अब तो एक कहते हो, दस सुनते हो. मैं ही थी जो सुनती रही. सुनती रही. रो-रोकर आँखें गँवा लीं अपनी. क्या मिला? कौन कहता है – हाँ, तुमने किया. न बच्चे कहेंगे, न तुम. तब भी बोझ थी, अब भी बोझ हूँ.

वे अकेले बैठे हैं गेट के पास आराम कुर्सी पर. उन्होंने सिर उठाकर मिल का गेट देखा तो छाती गर्व से फूल गई. क्या-क्या नहीं किया यहाँ तक पहुँचने के लिए? इतनी मेहनत, इतनी जद्दोजहद, तब कहाँ जानते थे, इसी सबसे बेदखल कर दिए जाएंगे. जब सिंध से आए थे, सत्तर रुपए थे उनके पास. पांचवीं जमात फेल के पास सत्तर रुपए. यह उन्हीं की मेहनत का परिणाम है जो सत्तर लाख बना लिए. नहीं तो करते क्या थे सिंध में भी वे सब? मां कपड़े सिलती थी, बाप बाहर बैठकर लोगों का नाप लेता था फिर अंदर जाकर मां को समझाता. गाय-भैंसें थीं, थोड़ी सी खेती-बाड़ी. दादा की किराने की छोटी सी दुकान थी. ऊपर से चार बेटियां और एक बेटा यानी पिताजी.

कैसी थी वह ज़िंदगी? बेरौनक, बेलज़्ज़त. संघर्षपूर्ण. और बंटवारे का वक्त? यह याद कर वे आज भी सिहर जाते हैं. आज़ादी का दिन जब दंगे शुरू हो चुके थे. जगह-जगह आग लगा दी गई. दंगों के साथ ही भागमभाग शुरू. तकरीबन तेरह लाख सिंधी सिंध से आए और पाली, मारवाड़, राजस्थान, आगरा और दतिया में छा गए. काफी वक्त तो वे दतिया के कैंपों में रहे, इसके बाद फिर यहां की जिंदगी, उफ़!

वहीँ कांग्रेस ने सिंधी परिवारों को छः-छः सौ रुपए दिए धंधा करने को, जिससे उन्होंने दतिया में एक आटा चक्की लगाई. फिर दतिया भी छोड़ दिया.

12

आगे के कुछ वर्ष इधर-उधर भटकते बीते. कुछ महीने उन्होंने मिस्त्री का भी काम किया फिर सरकार से ज़मीन पट्टे पर लेकर आटा चक्की लगाई. वह आटा चक्की कैसे एक मिल में बदली, यह एक लंबी कहानी है. नहीं, कदर नहीं हुई उनकी. बेटों को भी बना-बनाया मिल गया. खुद बनाते तो पता चलता कि मेहनत क्या होती है? वे तो तेल का सैम्पल शीशियों में भरकर गाँव-गाँव घूमते थे आर्डर लेने के लिए. पीछे उनके पिताजी गद्दी संभालते.

पिता की पूरी की पूरी छवि उनकी आँखों में उतर आई. खूब गोरा रंग, दुबला-पतला इकहरा शरीर, मजबूत काठी. 100 बरस के आसपास थे, जब उन्होंने शरीर छोड़ा. कभी बिस्तर नहीं पकड़ा. आखिर तक चलते ही रहे. दिन भर मिल की गद्दी पर बैठते, शाम को सारे रुपए झोले में भरकर उन्हें सौंप देते. दो फुल्के खाते और मुँह ढँक के सो जाते.

एक ये हैं, सारी उमर सुख की तलाश में मारे-मारे ही फिरे. जवान थे तब दिन-रात कितना काम था? पैसा बनाना, घर बनाना, मिल को बड़ा करना, गोदामों को तेल के डब्बों से भरना, तेल मिल के बाद दाल मिल लगाना. दौड़... दौड़... दौड़... तब सोचते थे, बना लें एक बार फिर चैन से सुख भोगेंगे. बन भी गया पर कहाँ गया सुख? तब फुरसत नहीं सुख को समझने की, आज फुरसत है तो सुख पास फटकता ही नहीं.

वे कुर्सी पर बैठे-बैठे गहन हो चले.

'नींद आ रही है तो घर जाकर सोइए.'

उन्होंने चौंक कर देखा, छोटा कह रहा है. वे जब तक खुद से बाहर आ जवाब दें, यह जा, वह जा. वे असहाय से उधर देखते रहे. किसी को फुरसत नहीं दो घड़ी बात कर ले. चाहत भी नहीं. महीनों हो जाते हैं बेटों से बात नहीं होती. एकाध वाक्य उछालकर वे चले जाते हैं और वे उसी को ऊन के गोले की तरह लपेटते-खोलते रहते हैं. जब-तब सुनने को मिलती हैं एकाध झिडकियां. कभी तो वे भी भड़क उठते हैं और खूब गालियाँ देते हैं और कभी कछुए की तरह अपने अंदर हो जाते हैं. वे उठते हैं और घर आ जाते हैं. भूख से उनके प्राण निकल रहे हैं. अब जो

भी मिलेगा, वे ज़रूर खा लेंगे. सब ने खाया होगा. किसी से इतना नहीं हुआ कि आकर पूछ ही लें कुछ. उनकी आँखें भर आती हैं. वे कमजोरी महसूस कर रहे हैं. पलंग पर लेट जाते हैं. कोई नहीं आता बुलाने. खाना बनने में देर है शायद. वे उठकर बाहर आते हैं और यूँ ही चलना शुरू कर देते हैं. कहाँ जाएं? किसके द्वार पर जाकर बैठें?

थोड़ी देर ही चले होंगे कि मोड़ के ठेले से आवाज़ आई ...

'राम-राम काका.' बगल के हलवाई की दुकान से किसी ने कहा, 'राम-राम भाई. राम-राम.' वे उसकी आवाज़ पहचान उत्साहित हो उठे. उनके चेहरे पर चमक आ गई. अब वे यहाँ रुक सकते हैं थोड़ी देर. वे निकट चले आए. अपनी छोटी सी दुकान में वह भट्टी पर जलेबियाँ तल रहा है. रद्दी तेल की गंध आसपास की हवा में बिखरी है.

'कैसे हो भाई?' उन्होंने उसकी दुकान पर नज़र डाली. बड़ी-बड़ी परातों में कुछ नामालूम सी चीजें पड़ी थीं. उन्होंने स्वयं को कोसा. जीवन भर में कभी घर से बाहर की कोई चीज खरीदकर नहीं खाई. नाम भी भूलते जा रहे हैं अब तो.

'आपकी दुआ है काका, और क्या हाल हैं? तबीयत ठीक है?'

'हाँ भई, ठीक है, पानी तो पिलाओ जरा.'

'हाँ.हाँ.' वह तत्परता से उठा फिर बगल में पड़ा दोना उठा दो-तीन जलेबियाँ रख कर उनकी ओर बढ़ा दिया ...

'खाओ काका, मैं अंदर से पानी लाता हूँ.'

'नहीं भाई, मैं बाहर की चीज़ नहीं खाता.' कहते हुए उनके हाथ दोने तक पहुँच चुके थे. वह पानी लेने के लिए मुड़ गया. वे तीनों जलेबियाँ खा गए और पानी पीकर तली जाती जलेबियाँ देखते रहे. उसने उनके लिए स्टूल लाकर रखा और दूसरे ग्राहकों की ओर मुड़ गया. वे स्टूल पर बैठे सड़क की गहमागहमी देखते रहे.

उनके ठीक सामने वाले मोड़ पर राजू मिस्त्री की दुकान है. वे और राजू साथ-साथ आए थे इस शहर में. वे मिस्त्री का काम करते थे, राजू सायकल के पंचर बनाता था. धीरे-धीरे वह स्कूटर, बाइक वगैरह के भी

पंचर बनाने लगा था. दो लड़के भी रख लिए थे, जो गाड़ियों की मरम्मत और सफाई का काम भी करते थे. उसकी दुकान अच्छी चल रही थी, इनकी मिल. आते-जाते दुआ-सलाम जरूर होती. राजू अभी भी स्कूटर वगैरह के पंचर बनाता है. उसे देख हंस कर कहते. 'अरे यार, मालिक हो तुम. कुर्सी पर बैठो. ये काम तुम्हारे नौकर करेंगे. चार-चार बेटे हैं तुम्हारे, तुम क्यों बुढ़ापे में अपनी जान खपाते हो.'

'अपना हाथ जगन्नाथ है सेठ.' वह पसीने से लथपथ अपना चेहरा पोंछता रहा. राजू तब से पंचर ही बना रहा है. आँखों से कम दिखता है. कमर झुक गई है. चारों बेटों में से कोई साथ रखने को तैयार नहीं. चारों का आपस में झगडा ही इस बात का था कि दुकान किसे मिले?

वे बड़ी देर तक उसे देखते रहे फिर उठकर उसके पास आए. 'कैसे हो राजू?'

उसने चौंक कर सिर उठाया. टायर एक तरफ रख माथे का पसीना पोंछते हुए बोला –राम-राम सेठ.'

'राम-राम भाई. इतनी तेज धूप में क्यों बैठे हो? ऊपर बैठो दुकान पर.'

'दुकान लड़के की है सेठ जी, मैं यहाँ काम करता हूँ.' वह हँसा. बूढ़ी झुर्रीदार हँसी, जो कई परतों में टूट चुकी है.

उन्हें अपनी टांगें सुन्न होती जान पड़ती हैं. वे वहीं बिखरे टायरों के ढेर के पास एक टायर पर बैठ गए. धूप में ही.

'सब इनका है तो हमारा क्या है राजू?' उन्होंने सहसा पूछा.

राजू का झुका सिर उठा. कई पल वह उन्हें देखता रहा फिर अपने काले हाथ उनके सामने फैला दिए. 'ये हैं न सेठ, बस जब तक ये हैं फिर ऊपर वाला.'

वे उन काले झुर्रीदार हाथों को देखते रहे फिर उठकर खड़े हो गए.

'चलता हूँ राजू फिर आऊँगा.'

'अच्छा सेठ.' वह फिर अपने काम में लग गया.

वे धीरे-धीरे वापस लौटने लगे. कहाँ जाएं कि वापस न लौटना पड़े. खूब सारे लोग हों, खूब सारी बातें, खूब सारी चीज़ें हों, खूब सारी हँसी. कोई कमी न हो. कोई दुःख न हो. खूब सारा प्यार हो. खूब सारे पेड़-पौधों पर लगे फल. खूब सारी नदियाँ. पूरे वेग से बहतीं. अजीब बात है न, किसी की भी कल्पनाओं पर उसका जीवन खरा नहीं उतरता फिर भी ये कल्पनाएँ जीवन का सारा सफ़र तय करवा देती हैं.

खाना खाकर वे बरामदे में टहलने लगे. उन्होंने उनके आने और खाने की आवाजें सुनी हैं और अब निश्चिंत होकर लेट गई हैं.

बरामदे की खुली अलमारी में टोकरी में फल रखे हैं. वे टोकरी के निकट गए और खड़े होकर देखते रहे फिर सकुचा कर उन्होंने इधर-उधर देखा. बहू निकल रही थी, छुपी आँखों से उन्हें देखती.

'अगर ये सेव कोई मुझे 'किसकर' दे तो मैं खा सकता हूँ.'

अनजाने ही उनके मुंह से निकल गया. उधर से कोई आवाज़ नहीं आई. अपना बोलना उन्होंने स्वयं सुना. लौटती हुई प्रतिध्वनियाँ उनके अंदर देर तक गूँजती रहीं. वे बरामदे में वहीं बैठ गए कुर्सी पर और अपने अंदर से आ रही आवाज़ें सुनते रहे. सामान उठाए जाने की, रखे जाने की, चीजें इधर-उधर तरतीबवार जमाए जाने की, पुराने संदूकों को खोलने की. हवा में उठती वह गंध, जो सिर्फ बासी और पुरानी चीजों में से आती है और लोगों से.

इन्हीं लोगों के सोच के कीटाणु इधर-उधर छिटकते हैं और लोग खुद को बचाने की एकदम कामयाब कोशिशों में जुट जाते हैं. वे वहीं बैठे-बैठे अंदर और बाहर की आवाज़ों में डूबे रहे. धीरे-धीरे सभी आवाज़ों का अंत हो गया, उन्होंने टोकरी में रखे सेव पर आखिरी नज़र डाली और उठकर धीरे-धीरे अपने कमरे में आ गए.

कमरे के बीचोबीच खड़े होकर उन्होंने चारों ओर देखा. उनके कमरे में कोई नहीं आता. बच्चे भी नहीं. चीज़ें जहाँ पड़ी होती हैं, वहीं पड़ी धूल की परतों के नीचे दफ़न होने लगती हैं. कभी-कभी उँगलियों से धूल हटाकर वे उन्हें देखते हैं.

16

'अच्छा, तो तुम हो.' वे पल भर को सिर उठाती हैं फिर सो जाती हैं.

उन्होंने बरसों पुराने रेडियो पर पड़ी धूल झाड़ी और उसे 'ऑन' कर दिया. एक बेसुरी सी आवाज़ निकल कर बाहर आने लगी. वे कोई स्टेशन मिलाने की कोशिश करने लगे. सीलोन कितने बजे मिलता है? उन्होंने याद करने की कोशिश की. घड़ी में समय देखने को उन्होंने जैसे ही सिर उठाया, उन्होंने देखा कि सामने गुस्से से भरा, कमर पर दोनों हाथ रखे बेटा खड़ा उन्हें घूर रहा है. वे हतप्रभ खड़े रह गए. बेटे ने आगे बढ़कर रेडियो बंद कर दिया.

'न सोते हैं, न सोने देते हैं. खुद चैन से नहीं रह सकते, हमें तो रहने दो.' वह पैर पटकता हुआ वहाँ से चला गया. गुस्से से उनकी साँसें तेज हो गई. उन्होंने दूर जाती उसकी पीठ को देखा. उँगली उसकी तरफ तनी ...'थू' उन्होंने ज़मीन पर थूक दिया. अंदर से जाने कितने शब्द उनकी देह की पोर-पोर से झरने लगे और उनकी देह न जाने कितनी देर काँपती रही. वे वहीं खड़े रहे दीवार का सहारा ले, आवेग थम जाने तक.

उन्होंने चप्पल पहनी और घर से बाहर आ गए. कहाँ? एक पल सोचा फिर उनके कदम अपनी बहिन के घर की ओर मुड़ गए. पहले सोचा नौकर से कहें, छोड़ दे, पर उसका बना हुआ चेहरा याद आते ही चाल बदल दी.

अभी वे बहुत चल सकते हैं. बहिन का घर है ही कितनी दूर?

बहिन के घर पहुंचे तो उनकी बहू ने बताया कि वे सो रही हैं. वे अनिश्चित से खड़े रहे. उसने उनके लिए कुर्सी निकाल दी और कहा कि वह मां को उठाने जा रही है. वे कुछ आश्वस्त से होकर बैठ गए. बहिन उठकर आई तो उसकी आँखें नींद से भरी हुई थी.

'आधी नींद से उठकर आई हो क्या?'

बहिन ने कोई जवाब नहीं दिया, उनके चेहरे की ओर देखती रही. उसे अपनी तरफ देखता पा वे चुप हो गए. बहुत देर तक दोनों बाहर देखते रहे.

'कुछ खाओगे?' बहिन ने पूछा.

17

'नहीं, खाना तो खाया है.' वे उसी तरह बाहर देखते रहे.

वह उठी और बहू से कुछ कहकर वापस आ गई. वे उत्सुकता से प्रतीक्षा करते रहे. थोड़ी देर में उनकी बहू आई सेब लेकर 'किसा' हुआ और उनके सामने प्लेट रखकर चली गई. बिना कुछ कहे उन्होंने प्लेट उठा ली और खाने लगे. बहिन चुपचाप उन्हें देखती रही, खा चुके तो पूछा, 'और मंगाऊँ?'

'नहीं-नहीं, बहुत है.' उन्होंने प्रसन्न भाव से प्लेट दूसरी तरफ खिसका दी.

'आज पड़े थे सेब घर में, मैंने कहा भी, पर.' वे धीरे-धीरे कहने लगे – 'ये लोग समझते हैं, मैं बूढ़ा हो गया हूँ. मुझे बुढ़ापे ने नहीं भूख ने मारा है. अभी भी मैं काम कर सकता हूँ, देखो.'

उन्होंने अपनी आस्तीनें उठाकर अपनी बाहें दिखाई. बहिन ने उनकी बाँहों के पार उनके सफ़ेद सिर को देखा और उदासीन सी बाहर देखने लगी.

'क्या तुम सोच सकती हो, जिस आदमी ने लाखों की प्रापर्टी बनाई, वह दो जून के लिए महंगा है. ये मेरे ही बेटे हैं जिन्हें मैंने हर पीर-फ़क़ीर से झोली फैलाकर माँगा था. इनके साथ भी यही होगा, देखना तुम.'

वे आवेश में आ गए और लगातार बोलते रहे. बहिन चुपचाप सुनती रही. वह तक़रीबन रोज ही सुनती है. जिस दिन नहीं सुन पाती, पलटकर कुछ कहती है तो वे नाराज़ हो जाते हैं, फिर कई दिनों तक नहीं आते. बहिन को अच्छा नहीं लगता. वह चुपचाप सुनने का मन बना लेती है.

बहिन उनसे पंद्रह बरस छोटी है. जब उनकी शादी हुई थी, बहिन एक बरस की थी. वह उन्हें बाप की तरह मानती है. बहिन उन्हें जानती है, वे बहिन को नहीं जानते.

बहिन बैठे-बैठे उकताने लगती है. वह अपने पास रखे कपड़ों के थान खींचती है और काटने लगती है. वह कपड़े सिलती है – चार आने में एक पेटीकोट. वे उसे देखते रहते हैं. बरसों से कपड़े सिल रही है वह, जब से शादी हुई है इसकी. नहीं, उसके भी पहले, जब शादी भी नहीं हुई थी, अम्माँ उससे कहती थी, जब शादी कर लोगी, कपड़े नहीं सिलने पड़ेंगे.

18

उसने अम्माँ की बात मान ली थी, पर ऐसा नहीं हो सका था. पति ने कभी कमाकर एक धेला भी नहीं रखा हथेली पर और मशीन बदस्तूर चलती रही, पहले से भी ज्यादा.

बहिन को उनके सामने मशीन चलाने से डर लगता है. उनके अनुसार, उनके सामने मशीन चलाने का अर्थ है, अब जाओ. बहिन और उनके बीच बहुत फासले हैं. वे ही उन रास्तों पर कभी आते हैं, कभी जाते हैं. बहिन अपनी जगह पर खड़ी उन्हें देखती रहती है. जैसे इस वक्त देख रही है. उनकी कमीज़ का कालर मैला है. सफ़ेद पैजामे में जहाँ-तहां तेल के पुराने धब्बे हैं. हाथों की दरारों में भी मैल भरा हुआ है. उन्होंने इस वक्त चप्पल पहन रखी है. पैर की बिवाइयों में भी मैल भरा हुआ है. बहिन उन्हें देखती रहती है – वे अपनी सफाई पसंदगी के लिए सनकी करार दिए जाते थे. कपड़ों पर हल्का सा तेल या ग्रीस का निशान लगते ही वे उतार कर फेंक देते थे. 'निविया' और 'पियर्स' के बिना जिनका काम नहीं चलता था, अब सरसों के तेल से काम चल जाता है.

बहिन ने बहुत सारे पेटीकोट काट कर रख लिए हैं. अब उनके जाने के बाद मशीन पर सिलने बैठेगी. शाम तक दस तो निकाल ही लेगी. आँखों से कम दिखता है, रात को भी नहीं चला पाती मशीन. बहिन ने जैसे ही कैंची रखी, उन्होंने कहा –

'अब इस उमर में मशीन क्यों चलाती हो? बूढ़ी हो गई हो, आराम करो. अब तो लड़के भी कमाने लगे हैं तुम्हारे.'

'हाँ, कमाते हैं.' बहिन व्यंग से कहती है – 'उनके अपने ही खर्चे पूरे नहीं पड़ते. मैं आधा सेर दूध से चार बच्चे पालती थी. इन्हें एक बच्चे के लिए दो सेर दूध चाहिए. मशीन चलाती हूँ तो दो पैसे हाथ में रहते हैं. बार-बार बेटों से माँगने में भी शरम आती है. पहले तो पूछेंगे – क्या करोगी?' वह एक क्षण रुककर उन्हें देखती है – 'तुम्हें देखती हूँ न, जब तुम्हारा ये हाल है तो मैं तो ठहरी औरत जात, जिसके पति का भी ठौर-ठिकाना नहीं.'

उनकी आँखें भर आती हैं. वे एकाएक उठकर खड़े हो जाते हैं. 'अच्छा चलूँ?'

बहिन ने उनकी आवाज़ में उनका रोना सुन लिया. बोली – 'बैठो न, गेहूं सेंककर मीठा दलिया बना देती हूँ. दुबले होते जा रहे हो, बाबा जैसे हो गए हो बिल्कुल. बैठो, घर जाकर भी क्या करोगे? बरामदे में बैठे रहोगे अपनी उसी कुर्सी पर.'

वे धम्म से कुर्सी पर बैठ जाते हैं और दोनों हाथों में मुंह छिपाकर फूट-फूट कर रोने लगते हैं. बहिन हड़बड़ा कर खड़ी हो जाती है. बहुएँ दौड़ती आती हैं, दरवाजे पर खड़ी हो जाती हैं. वे उन्हें हाथ के इशारे से अंदर जाने को कहती हैं. बहिन उनके सामने कुछ देर खड़ी रहती है फिर उनके सफ़ेद बालों पर अपना हाथ रखती है. कुछ कहना चाहती है पर होंठ हिलकर रह जाते हैं.

थोड़ी देर रोने के बाद वे स्वयं चुप हो जाते हैं. बहिन नेपकिन और पानी लाकर देती है. वे मुँह पोंछकर पानी पीते हैं. बहिन अपने दुपट्टे से उनकी आँखें पोंछती है, वे फिर रो पड़ते हैं...

'मैं भूखा हूँ, हाँ, मैं भूखा हूँ. मुझे पेट भरकर खाना भी नहीं मिलता. मैंने जीवन भर किसके लिए इतनी 'हाय-हाय' की. अपने मन से कभी नहीं जिया. खुद को मारते-मारते थक गया हूँ.'

वे एकाएक खड़े हो गए और पिचके पेट पर हाथ रखकर बोले – 'देखो. देखो. मैं शरीर से भी भूखा हूँ. मन से भी. मुझे बुढ़ापा नहीं मार रहा, भूख मार रही है.'

वे रोते-रोते दोहरे हो गए ...

बहिन ने उनके कंधे पकड़ उन्हें कुर्सी पर बैठाया और नेपकिन से उनका मुँह पोंछने लगी. अंदर बहुएँ हैं तीन-तीन, क्या सोचती होंगी? सोचा करें, आखिर हम कहाँ जाकर रोएँ?

उन्होंने स्वयं को संभाला. बेसिन के पास जाकर मुँह धोया. पानी पिया और शर्मिंदा होकर बाहर निकल गए.

बहिन ने उन्हें आवाज़ देनी चाही पर वह जानती थी, अब वे रुकेंगे नहीं. उनके मन में हमेशा आता, वे कुछ बनाकर उनके लिए भेज दें पर अब नहीं. पिछली बार ऐसा ही हुआ था. उन्होंने भाई के लिए दूध में सेवईं

बनाकर भेजी थी और खास तौर पर यह कहलवाया था कि भाई को ज़रूर दें. शाम को बड़े की पत्नी का फोन आया था –'आपको क्या लगता है बुआ, हम डैडी को खाने को नहीं देते. अब आप रोज़ तो बनाकर भेजेंगी नहीं. आप चाहें तो उन्हें अपने घर रख सकती हैं.'

बहिन गुस्से से उबल पड़ी. वह कहना चाहती थी – 'बेटा, उनका 'माल' तो तुम्हें चाहिए, वे नहीं. देना ही है तो दोनों दे दो.' वे कोई सख्त बात कहने ही जा रही थीं कि फोन कट गया.

बहिन उनका जाना देखती रही. उन्हें कुछ बनाकर भेजने की इच्छा का भाप बनकर उड़ जाना भी.

वे लौट रहे हैं. वापसी में दृश्य उन्हें छुए बगैर गुज़रते हैं – रास्तों के दृश्य, गुज़रते लोगों के और हमेशा साथ चलते माज़ी के. कभी-कभी वे जान नहीं पाते, वे दृश्य में हैं या दृश्य उनमें और वे द्रष्टा हो जाते हैं. रास्तों के अनेक दृश्यों में एक है उनका लौटना. लौटना तय है, जब हम चलना शुरू करते हैं पर उस वक्त तो चलने की अजीब हड़बड़ी में खोए रहते हैं हम. वे अनायास ही अपनी सीढ़ियाँ उतरने लगते हैं. जहाँ स्मृतियाँ हैं, मोह है जीवन का, झड़ चुके फूलों की बेनाम गंध है, सड़ चुके पत्तों की अनाम सीलन है. एक सर्कल है, जिसमें सारी चीजें घूमती हैं. हर घटना बस हो रही है. कुछ भी ख़त्म नहीं होता. तुम भी बस हो रहे हो नित्य. अपना अपने अंदर होना उन्होंने देखा ... महसूस किया और देख ही रहे थे निश्छल कि एक आवाज़ ने उन्हें जगा दिया – 'राम-राम सेठ.'

जैसे किसी चीज से नाता टूट गया हो. उस आवाज़ ने उन्हें गड्ढे से निकाला और बाहर उछाल दिया – 'राम-राम भाई.' उन्होंने चौंककर कहा पर तब तक वह आगे जा चुका था.

उन्होंने अपने चारों ओर दौड़ती-भागती दुनिया देखी – ऐसा क्या है, जिसे ये सब पा लेना चाहते हैं और जिसके न होने पर जीवन निरर्थक हो जाता है हालांकि होता तो वह इस सब के बावजूद है, फिर? नहीं कोई नहीं समझेगा. वे समझे थे क्या? आज वे दुनिया के 'होने' और 'न होने' में

अपना 'होना' और 'न होना' नहीं देख रहे. वे सबके होने के बावजूद अपना 'न होना' देख पा रहे हैं.

'कहाँ से लौट रहे हो सेठ?' उन्होंने उधर देखा. राजू पंक्चर बनाने का अपना काम कर रहा है. वे कई क्षणों तक उसे देखते रहे.

लौट रहा हूँ. हाँ, मैं लौट रहा हूँ. छूट गया दुःख पल भर में ही गले से सांप सा आ लिपटा. उनकी छाती बैठने लगी. टांगे लड़खड़ाने लगीं. बदन पसीने से नहा गया. खुद को संभाल आहिस्ता-आहिस्ता राजू के निकट गए और टायरों के ढेर के समीप एक टायर पर बैठ गए. राजू पूर्ववत काम में जुटा रहा. उसका झुर्रीदार काला चेहरा एक बार ऊपर उठा फिर नीचे झुक गया. उसके हाथ बड़ी सुगढ़ता से अपना काम कर रहे थे.

'देखो राजू' उन्होंने कहना चाहा – 'तुम्हारी और मेरी उम्र तक़रीबन एक जितनी है लेकिन तुम इतने निश्चिंत बैठे हो और मैं हर पल स्मृतियों के जंगल में भटक रहा हूँ. शब्दों के बोझ से दबा जा रहा हूँ मैं. कोई नहीं सुनता मुझे. सुनो राजू एक बार कोई इस जंगल को साफ़ कर दे. कितने खतरनाक जानवर हैं इसमें, मुझे डर लगता है. मैं कभी अकेला नहीं रहा. मैं कभी चुप नहीं रहा. मैं बोलता हूँ तो लगता है, जुड़ा हूँ किसी के साथ. चुप होता हूँ तो अपने अंदर जा गिरता हूँ.'

'सुनो राजू' उन्होंने अपने चेहरे का पसीना पोंछा और उनके होंठों से काँपते शब्द निकले. 'सुनो, मुझे तुमसे कुछ कहना है.'

'कहो, सेठ.' वह अपना काम करता रहा.

'राजू मैं क्या करूँ. मुझे कुछ अच्छा नहीं लगता. मुझे लगता है किसी ने मुझे गहरे-अँधेरे कुएँ में धकेल दिया है.' उनकी आवाज़ लड़खड़ा गई.

राजू ने अपना हाथ रोककर उनकी ओर देखा – 'एक बात कहूँ सेठ, सब को अपना-अपना काम निपटा कर इस दुनिया से रुखसत हो जाना चाहिए. बहुत वक्त तक टिके रहने का कोई मतलब नहीं है. नहीं तो तुम ऐसे ही जाओगे, जैसे चीजों पर पड़ी धूल या कोनों में लटकते जाले, जिन्हें कोई साला खुद भी साफ़ नहीं करेगा. ये काम भी नौकर करेंगे.'

राजू ने सामने से गुज़र रहे बूढ़े को देखा, जो छड़ी के सहारे चला जा रहा है ...

'उसे देख रहे हो सेठ, छड़ी के सहारे चल रहा है क्योंकि वहां जिनके हाथ होने चाहिए, नहीं हैं. दुनिया में बहुत सी चीजें बहुत लोगों के पास हैं पर समय नहीं. समय सिर्फ बूढ़ों के पास होता है.'

उन्हें लगा, राजू उनके साथ नहीं है. राजू अपनी जगह पर है, वे अपनी जगह पर. दोनों के बीच बहुत फासले हैं.

'राजू मुझे कोई काम मिल सकता है?' उनके होंठों से थरथराती आवाज़ निकली. उन्होंने अपना बोलना सुना और सुना राजू ने. शब्द उनके अंदर की नदी में पत्थर की तरह गिरे. पानी उछला और उनके कपड़े गीले हो गए. उनका गला भर आया. वही शब्द राजू के सामने निर्जीव पत्थरों की तरह पड़े हैं.

'तुम क्या करोगे सेठ? इतनी बड़ी मिल का मालिक, लोग क्या कहेंगे? तुम्हें किस चीज की कमी है? और अगर कमी है भी तो सेठ, जीना फिर भी है.'

रोना उनके अंदर भर रहा है. पूरा जिस्म थरथरा रहा है. कैसे वे सहज होने की कोशिश करें, जबकि अंदर धू-धू करता ज्वालामुखी समतल दिखती सारी परतों को तोड़ देने पर उतारू है. वे भरभराकर गिर जाना चाहते हैं, रेत की तरह बिखर जाना चाहते हैं. वे रोना चाहते हैं, चीखना चाहते हैं, चिल्लाना चाहते हैं. शब्द उनके अस्तित्व पर टूट-टूट कर गिर रहे हैं और वे दबे जा रहे हैं.

वे उठकर खड़े हो जाते हैं. धीरे-धीरे चलते हुए वापस लौटते हैं. घर उन्हें दूर से दिख रहा है. आज उन्होंने हजारवीं बार जाना कि जिसे वे अब तक 'घर' समझते आ रहे हैं, वह मात्र घर का भ्रम देता रहा है पर यह बात सिर्फ घर के संबंध में ही लागू नहीं होती, उन सभी चीजों और लोगों के संबंध में होती है, जिस पर वे आज तक एतबार करते आए हैं. क्या ऐसा कोई तल नहीं जहाँ वे टिक सकें?

वे घर के समीप आते हैं फिर पलट जाते हैं, बगीचे की ओर मुड़ जाते हैं. शाम हो रही है, गाय-भैंसे वापस लौट रही हैं. रामखेलावन सानी तैयार कर रहा है. वे जाकर कुएँ की जगत के पास खड़े हो जाते हैं. अंदर झांकते हैं, पानी शांत है. वे कई पल वहां देखते रहते हैं फिर फट पड़ते हैं ...

'सुनो ... सुनो ...' उन्होंने अपना मुंह कुएँ के अंदर कर लिया है ...

'मुझे रोना है ... क्या मैं यहाँ रो सकता हूँ? क्या मैं तुमसे कुछ कह सकता हूँ? मैं हार गया हूँ ... हाँ, मैं हार गया हूँ. जो भी जीतने का स्वप्न लेकर चलता है, हार जाता है.'

अंतिम वाक्य अस्फुट सा उनके गले से फूटता है. शब्दों के साथ दबा हुआ रोना वेग से बाहर फूट पड़ता है. वे कुएँ की जगत पर सिर रखकर फूट-फूट कर रो रहे हैं, वे अस्फुट स्वरों में कुछ कहते जा रहे हैं, रोते जा रहे हैं. रोते रहे. रोते रहे. रोते-रोते थक गए. हिचकियाँ मद्धिम होने लगीं. तभी पीठ पर किसी का हाथ महसूस कर सिर उठाया. रामखेलावन खड़ा है, पानी का गिलास हाथ में लिए. पीतल का गिलास ... शाम की धूप में चमकता. उसकी आँखों की तरह. उन्होंने उसका पसीजा हुआ चेहरा देखा कि अचानक शांत हो गए. पानी उसके हाथ से लेकर पिया और चारों ओर देखा.

शाम की धूप में सब-कुछ साफ़-साफ़ चमक रहा है. एक-एक पत्ती. एक-एक टहनी. घास के तिनके. उस पर चलते हुए अनजान कीड़े. ऊपर आसमान पर घर लौटते पंछी. वापस आ रही भैंसों की काली चमकती खाल. शाम ऐसे ही उतरती है धीरे-धीरे ... पहले पेड़ों की फुनगियों पर ... छतों पर ... तनों पर ... फिर धरती पर. धरती पर उतरते ही डूबने लगता है सब-कुछ. उन्होंने इस तरह शाम का आना पहले कभी नहीं देखा. सुबह जो भुलावे देती है, शाम उसे आहिस्ता से वापस ले लेती है और आदमी के पास कुछ भी बाकी नहीं बचता. न रूप. न गंध. न नाम. न खालीपन. जैसे इस वक्त उनके पास नहीं है. कुछ भी नहीं है.

24

सिर्फ एक दिन

उसने खिड़की की सीखचों से अपना चेहरा सटाया और तेज हवाओं के झोंके उसके चेहरे से टकराने लगे. बाहर सब कुछ अजनबी पर जाना पहचाना था. विपरीत दिशा में भागते पेड़, मैदान, फसलें, जानवर, नदियाँ, पहाड़, खंभे. ट्रेन किसी पुल के ऊपर से गुज़रने लगी और अचानक डिब्बे में काफी शोर भर आया. उसने अंदर निगाह दौड़ाई. अंदर भी उसका जाना पहचाना था. चुहल करती उसकी सहेलियां, उसकी तीन टीचर्स, इधर–उधर बिखरा सामान. पूरे डिब्बे में सब फैले हुए बेतरतीब अलसाए. कोई पढ़ रही है ... कोई हँस ... किसी की दरिया सरीखी लम्बी बातें तो कोई खामोश गुमसुम अपने आपमें सिमटी हुई. किसी को पता तक नहीं चला और उसका पूरा संसार बदल गया. उसके होंठों पर व्यंगात्मक मुस्कान आ गयी. उसने अपना चेहरा छिपाने के लिये खिड़की की तरफ किया ही था कि अनीता सूद ने देख लिया ...

'किसे याद करके मुस्करा रही है मेरी जान?' उसने चुटकी ली.

'तुझे नहीं.' वह अनमनी बाहर देखती रही.

'अच्छा. फिर कौन है वह?' फिर वह हँसते–हँसते गंभीर हो गयी.

'क्या बात है ऋतु. कहाँ है तू?'

'अनु हर बार मैं तुझे अपनी परेशानियों में शामिल नहीं कर सकती. तू मुझ तक हंसती हुई आती है, हंसती हुई ही जा.' ऋतु ने हँसते हुए उसके गाल थपथपा दिए.

'मैं तुझ तक न हंसती हुई आना चाहती हूँ, न जाना. ऋतु काश! मैं तेरा खोया हुआ तुझे लौटा सकती.'

'मेरे पास खोने को कुछ नहीं है.' ऋतु ने बेचारगी की मुद्रा में अपने हाथ फैला दिए.

'यह जो तेरा अपना आप तुझसे खो गया है ... वह.'

'उसे खोकर मैं खुश हूँ.' ऋतु हँस दी. बेबस हँसी. यह कैसी हँसी थी ... घायल और तार–तार. यह कुछ मिल जाये तो भर जाती ... न मिले तो रीती सी.

'तेरी इसी बात पर मैं तुझे चाहती हूँ. सच तू आखिर तू है.' अनीता ने उसकी नाक पकड़ कर हिला दी ... 'आ चल ताश खेंलें. अकेली–अकेली मत रह.' फिर वह अन्य सहेलियों की ओर मुड़ी ... 'सुमन, रोज़ी, लिली, कुसुम, वीनू. आओ ताश खेंलें.' और सब ने मिलकर जगह बनाई, पेटियां जमाईं और खेल शुरू हो गया.

कितना अच्छा है सब कुछ भूल कर जीना? ये लोग, ये लड़कियां कितनी ख़ुशनसीब हैं? किस तरह बेपरवाही से जीती हैं? कितने मज़े से? और एक वह है. जीने के कितने अजब तरीके हैं उसके पास? जिये तो एक पल जी ले, न चाहे तो ऊपर से बरस गुज़र जाये. वह सतह पर खामोश बैठी रहती है. यह ख़ामोशी क्या है? तटस्थता. खालीपन. वैराग्य या भूकंप के पहले का सन्नाटा. अपने बारे में लगातार सोचते हुए कई बार उसे लगता है ... वह बेहद आत्मकेन्द्रित होती जा रही है. जो उसके अंदर के रचनाकार के लिये गलत है. फिर भी कई बातें अनचाहे होतीं हैं. आप कुछ नहीं कर सकते. उसने उस क्षण खुद को अपने हाथों से निकल जाने दिया.

दिल्ली स्टेशन पर ट्रेन रुकी. स्टेशन की चकाचौंध से सब चमत्कृत तो थी ही पर ऋतु का दिल उछल कर उसके कंठ तक आ गया. हर बात में एक नया अर्थ था ... नया और गहरा. जिसे कोई नहीं समझ सकता, बस वही जानती थी. रात के बारह बजे भी उसकी आँखें रोशनी से चकाचौंध क्यों है? क्यों यह भीषण शोर उसे मद्धिम संगीत लग रहा है? क्यों हर शख्स जैसे उसे ही देख रहा है? क्यों हवा में खुशबू घुल गयी है? क्यों? क्यों? कितने प्रश्नों के उत्तर वह देती?

उसने अन्य लड़कियों के साथ सामान उतारना शुरू कर दिया. फिर सभी ने अपना सामान स्वयं उठाया और टैक्सी स्टैंड की ओर चल पड़ीं तो जैसे सारा शहर ऋतु के स्वागत में मुस्करा दिया. नियोन लाइट्स जैसे पलट-पलट कर उसे देख रही हैं. आज वह कितनी खुश है? कितनी उदास? कितनी व्याकुल?

'अनु. यह शहर कितना खूबसूरत है? सब कुछ है यहाँ ... सब कुछ.' उसने अनु के कान में धीरे से कहा.

'हां. सब कुछ है यहाँ. बस तू नहीं है. और अभी तूने इसकी खूबसूरती देखी कहाँ है ... और ऋतु सिर्फ जगहें ही खूबसूरत नहीं होतीं. लोग भी तो होते हैं ...'

'हां. अनु. कुछ लोग भी बड़े खूबसूरत होते हैं ... चाहे जिस तरह उन्हें देखो ... किसी भी कोण से.' ऋतु कह कर शर्मा गयी. उसने अनु के कंधे पर मुँह छिपा लिया.

मंजिल तक पहुँचते-पहुँचते उन्होंने जाने कितनी बातें कर डालीं. उन बातों से बचकर जिन्हें ऋतु कहना नहीं चाहती थी और अनु का आग्रह नहीं था. मंजिल? ऋतु को सोचकर हँसी आ गयी. जहाँ वह जा रही है, मंजिल तो नहीं, हां पड़ाव ज़रूर है. वह भी सिर्फ एक दिन का. फिर वह आगे निकल जाएगी. पड़ाव पीछे रह जायेगा. पड़ाव? नहीं ऋतु उसे पड़ाव भी नहीं मानती. फिर वह आगे किसके लिये चलेगी? अगली किसी मंजिल की तलाश में या सिर्फ इसलिए कि चलना सबकी नियति होती है, उसकी भी.

उसने अनीता की ओर देखा. वह दिल्ली की ख़ूबसूरती देखने में व्यस्त थी. यह अनु भी बड़ी प्यारी है. जो बता दो समझ जाएगी. न बताने पर भी उसका कोई विशेश आग्रह नहीं होता था. जानती थी. ऋतु लौट कर उस तक ही आएगी. यह जानना कभी–कभी बड़ा भयानक लगता था ऋतु को. उसने अपना आप हमेशा लोगों से, परिवार से छुपा कर रखा था. वह ज़िन्दगी को एक लम्बे शराब के घूँट की तरह पीती है और देर तक उसके तिक्तता भरे नशे में रहती है, कभी उस पर टिप्पणी कर देती

है, कभी उस पर हंस लेती है. देखा जाये तो जीने का यही तरीका उसे माकूल लगता है.

वे रेस्ट हॉउस पहुँचे तो रात के दो बज चुके थे. थकान सब के चेहरों पर हावी थी. सब सोना चाहतीं थी पर वह नहीं. उसे सुबह का इंतजार था. ऐसी सुबह जो उसके जीवन में सिर्फ एक बार आनी थी और फिर कोई सुप्रभात किसी ने नहीं गाना था. हर कमरे में चार–चार बिस्तर लगे थे, चार–चार का ग्रुप बँट गया और सोने की तैयारी होने लगी.

ऋतु अपने बिस्तर पर लेटी बाहर देख रही है. खिड़की के बाहर. एक टुकड़ा चाँद, विशाल आसमान और न जाने कितने तारे. लॉन की हरी घास पर रोशनी का छिड़काव. कल यह सब बदल जायेगा. यह नहीं सिर्फ वह. यह तो वहीं रहेगा. आज भी. कल भी.

कितनी जल्दी दो साल बीत गए और यह निर्णायक क्षण आ पहुँचा. ऋतु सोचने लगी. उसने कभी कल्पना भी नहीं की थी कि वह अपना समूचा जीवन सिर्फ एक दिन को दे देगी. फिर बाकी के तमाम वर्ष वह क्या करेगी? बस वह एक दिन जी ले. अपने लिये ... अपनी ख़ुशी के लिये ... जैसे वह चाहती है, वैसे. बाकी के वर्ष चाहे उसे दूसरों के लिये जीने पड़ें ... वह जी लेगी ... उसी तरह. इस एक दिन के सिवा है ही क्या उसके पास ... जीने को ... देने को?

उसे वे सारी पंक्तियाँ ठीक–ठीक तो याद नहीं, जो उसने किसी पत्रिका में पढ़ी थीं. पर कुछ लाइंस उसे अभी भी याद हैं.

'हवा/ पेड़–पौधे /ज़मीन

खुशबू /फूल /यादें /पहाड़ /कविता

सपने /बातें /धूल

तुम किसी एक को चुनो

और रहो सारी उम्र साथ उसके

शिकायत न करो.'

उसने लेखक का नाम पढ़ा. 'गिरीश'. उसने उसे एक पत्र लिखा कि वह सिर्फ सपनों के साथ रह रही है बगैर शिकायत के. जवाब में गिरीश का पत्र आया था. 'मैं तो सिर्फ धूल के साथ रह रहा हूँ ... सपने कैसे होते हैं?'

ऋतु का मन हिल गया था. इसकी धूल में यदि थोड़े से सपने मिल जायें तो यह इसे इतनी चुभेगी नहीं.

जब यही बात उसने गिरीश को लिखी तो उसका जवाब था, 'मुझे किसी के सपने उधार नहीं चाहिए. मेरी आँखें उसे देख शर्मिंदा होंगीं.'

तब अनचाहे ही ऋतु उसके लिये तड़फ उठी थी और उस तड़फ का परिणाम था, दो सालों तक ख़तों का अनवरत सिलसिला. फोन ... लम्बी–लम्बी कवितायेँ और कुछेक फोटो. ऋतु को हर क्षण लगता इस आदमी से एक बार मिलना बेहद ज़रूरी है, इसकी धूल में अपने सपनों के रंग भरने के लिये. अनायास ही उसे अपनी स्वप्नशीलता चुभने लगी.

ऋतु बिजनेसमैन बाप की इकलौती बेटी और गिरीश शादीशुदा. धरती–आसमान कभी नहीं मिलते, दोनों जानते थे. कैसे वे यह भूल कर बैठे जबकि जन्मजात कायरता दोनों में थी और बहुत सोचने के बाद ऋतु को लगा, अगर वह इसके साथ ज़िन्दगी नहीं बिता सकती तो एक दिन ... सिर्फ एक दिन वह इस शख्स के साथ जी ले, कैसे भी. कैसे भी. उसकी धूल में अपने सपनों की महक भर दे, उसे अपने सपनों का अछूतापन अखरने लगा. किसी ऐसे आदमी के साथ एक दिन जीना, जिसे तुम बहुत प्यार करते हो ... सबसे बचाकर ... सबसे चुरा कर. उस दिन को अपनी छाती से लगाकर, बाकी की जिंदगी किसी के भी हवाले कर देना, सबके बस की बात नहीं पर उसके थी और उसने अंतिम फैसला कर लिया. सारी जिंदगी न जीने से कहीं बेहतर था, एक दिन जीना और उसने गिरीश को लिखा ... वह उसके साथ सिर्फ एक दिन जीना चाहती है ... उसके शहर दिल्ली में ... कैसे भी ... किसी भी तरह. वह मना न करे. गिरीश न 'हां' कह सका, न 'न'.

ऋतु ने दिल्ली टूर की बात सहेलियों में चलाई और उनकी सहमति से प्रिंसिपल तक बात पहुंचाई गई. दो महीनों बाद निर्णय 'हाँ' में लिया गया.

ऋतु जानती थी सिर्फ इसी तरीके से वह गिरीश से मिल सकती है, किसी और तरीके से नहीं.

कल गिरीश आएगा उसे लेने, उसने अपना पता लिख दिया था. दिल्ली में तीन दिन रहना था और वह पहला दिन गिरीश के साथ गुज़ारना चाहती थी. कैसा होगा वह? उसके कितने फोटो उसने देखे थे, पर फोटो में और वास्तव में देखने का फर्क वह जानती थी. विचारों से वे अजनबी नहीं थे फिर भी एक खास तरह का संकोच ऋतु के मन में अब भी था. संकोच, पछतावा नहीं. वह उन लोगों में से नहीं थी जो आनन् फानन निर्णय ले लेते, फिर सिर धुनते थे.

और फिर आई वह सुबह ... ऋतु के पोर–पोर को जिसका इंतजार था. करीब दस बजे गिरीश आ पहुंचा. उसने नीचे ऑफिसनुमा कमरे में अपना परिचय देकर ऋतु को बुलवाया. अपनी टीचर के साथ ऋतु धड़कते ह्रदय से नीचे आई. गिरीश दूसरी टीचर से बातें कर रहा था. आहट हुई और उसने ऊपर देखा. बादल के एक टुकड़े ने कसकर चाँद को गले लगा लिया. ऋतु अभी इसी क्षण इन आँखों के भूरे बादलों में खो जाएगी फिर कभी नहीं निकलेगी. जी कर रहा है अभी इसी क्षण इन बादलों को छू ले. आखिर गिरीश ही सँभला. उसने ऋतु की टीचर मिसेज़ शुक्ला का अभिवादन किया और हाथों में लिए हुए फूल ऋतु की ओर बढाए ... और ऋतु उसे लगा ... इसी वक्त इस शख्स की बाँहों में झूल जाए. प्रलय का जो क्षण आना है अभी आ जाए, अभी. वह इससे पहली बार मिली भी तो कहाँ, इतने लोगों के सामने? वह इस पल इसकी बाँहों में झूल नहीं सकती. इसका माथा नहीं चूम सकती. इसकी आँखे, इसकी पलकें, नाक, उँगलियाँ. होंठ ... ओ खुदाया! इस आवेग से मुझे बचा.

गिरीश ने टीचर से क्या कहा, क्या बहाने बनाए, वह नहीं जानती. उन दोनों का रचनाकार होना ही काम आया हो शायद. बस वह इतना जानती है, गिरीश के साथ बाहर उसके स्कूटर के समीप खडी है. कितना प्यारा है यह? इसके बाल, इसकी भौहें, आँखें, ठोड़ी, कुछ भी तो पराया नहीं है. ऋतु का मन किया इसके बाल बिखरा दे आगे बढकर फिर यह और भी खूबसूरत लगेगा. गिरीश ने शायद उसके मन की बात समझ

ली. उसकी नाक पकड़ कर हलके से हिला दी. दोनों हंस दिए. सारा संकोच बह गया.

गिरीश स्कूटर चला रहा है. वह उसकी पीठ से गाल सटाए, दोनों बाँहें उसकी कमर में बाँधे बैठी है. गिरीश उसे बता रहा है.

'देखो ... यह शहर बहुत खूबसूरत है ... यहाँ की सड़कें, बड़ी–बड़ी इमारतें ... यहाँ के लोग ... यहाँ की रेस जैसी ज़िन्दगी. यहाँ की भव्यता.' यह क्या कहे जा रहे हो इडियट. कुछ अपनी बात करो. वह उसकी पीठ से गाल सटाये आँखें बंद किये बस जी रही है. खुदाया! यही जिंदगी है ... यही ... जो मै तुमसे चाहती थी. जितनी देर मैं यह जी सकूँ, यह पल, यह क्षण, यह दिन.

'ऋतु तुम बहुत अच्छी हो. बहुत प्यारी.' अचानक गिरीश ने कहा तो ऋतु चौंकी. फिर हँस पड़ी ... 'अच्छा, मैंने सोचा तुम खूबसूरत कहोगे.'

'ऋतु हम देर से मिले. तब जबकि हम फैसले लेने की स्थिति से गुज़र चुके थे. स्थिति ... स्थितियाँ क्या हमारी बनाईं हुई नहीं? हम उन्हें बदल सकते थे पर हम कायर हैं. हम दूसरों के सोचने की इतनी अधिक परवाह करते हैं कि ...'

'कई बार हम अपने जीने का ढंग तक बदल देते हैं. बदले में हमें क्या मिलता है?' ऋतु ने तिक्त स्वर में कहा और उसकी आँखें भर आयीं. नहीं. आज नहीं रोना. यह दिन तो तेरे जीने के लिये बना है. रोने का क्या है. सारी उम्र पड़ी है. 'सिर्फ एक दिन ...'

गिरीश स्कूटर रोककर उसके करीब चला आया. उसके स्वर में जाने क्या था, मजबूती से संभाला गया ऋतु का मन पिघलने लगा. वह आगे बढ़ कर उससे लिपट गई. गिरीश ने उसे कसकर अपनी छाती से लगा लिया. और वह, ज़िन्दगी की सख्त पथरीली राहों से छोटे–छोटे सपने चुनने लगी. छोटे-छोटे सुख ... हल्के भूरे, नर्म पंखों वाली चिड़िया की तरह ... जो नन्हें–नन्हें पंजों से एक हथेली से दूसरी तक फुदकती. यह सुख है. हां यही सुख है. हल्का गर्म ... भूरा ... मुलायम ... रोंयेंदार ... इसकी गर्माहट हथेलियों से होती हुई अन्दर कहीं ज़ज्ब होती जाती है.

और यह सुख ... जिसे छुआ जा सकता है, कसकर अपने गले लगाया जा सकता है, सारा दिन इसके साथ जिया जा सकता है.

बहुत देर बाद ऋतु कुछ चैतन्य हुई तो उसे याद आया गिरीश के साथ जाने कब वह इस होटल के कमरे में आ गई थी और उसने करीब सो रहे गिरीश को प्यार से देखा और देर तक देखती रही. उसका चेहरा अपनी छाती से सटा बेतहाशा चूमा. आँखें, नाक, माथा, गर्दन, होंठ, पलकें, ठोड़ी, कंधे. यह मुहब्बत भी कैसी मज़बूरी होती है? अपने अन्दर की सच्चाइयों के साथ, अपने महबूब के साथ एक दिन जीना, फिर बिछड़ जाना. किसी को क्या मालूम आदमी कितना टूटता है? टूट कर कितना रोता है?

गिरीश तब तक जाग चुका था. उसने आँखे खोलकर एक पल ऋतु को देखा फिर उसके बालों में अपना चेहरा छुपा लिया. ऋतु ने घड़ी देखी. पांच बज चुके थे.

'गिरीश.' उसने उसके कानों से अपने होंठ सटा लिये ... 'देखो पाँच बज गए, मुझे सात बजे वापस पहुंचना है.'

'पर अभी तो तुम कुछ घूमी ही नहीं. लालकिला, क़ुतुब मीनार, जामा मस्जिद, कनाट प्लेस और भी कितना कुछ.'

'वह सब मैंने देख लिया.' ऋतु हंस दी ... 'अब कुछ खिलाओ तो सही. फीलिंग हंगरी.'

'अरे हां.' गिरीश ने वेटर को बुलाने के लिये घंटी की तरफ हाथ बढाया ही था कि ऋतु ने उसका हाथ पकड़ लिया.

'यहाँ नहीं. चलो तैयार होकर बाहर चलते हैं.'

गिरीश मान गया. दोनों तैयार होकर बाहर आ गये. कुछ खाया–पिया और सड़कों पर पैदल घुमते रहे. हाथों में हाथ डाले. कितनी बातें थीं जिन्हें ऋतु कहना चाहती है. कितने सवाल हैं जिनके जवाब उसके पास नहीं. उसके तो सारे प्रश्न ही अनुत्तरित थे.

'गिरीश. मैं तुम्हारे साथ सारी उम्र क्यों नहीं चल सकती. यूँ ही हाथों में हाथ डाले. पैदल सड़कों पर घूमते हुए.'

'गिरीश. मेरी साँसों की लय तुम्हारी साँसों जैसी क्यों है?'

'गिरीश. मैं तुम्हारे बच्चे की माँ बनना चाहती हूँ.'

'गिरीश मै सारी उम्र तुम्हारी आँखों की रोशनी की पगडंडी पर क्यों नहीं चल सकती?'

'गिरीश. इन राहों पर कोई मोड़ क्यों नहीं है?'

'गिरीश. यह जो एक दिन मैंने अपने जीवन का चुना है, बाकी के दिन मैं क्या करुँगी?'

वह जानती है इसमें से किसी का भी जवाब गिरीश के पास नहीं है. पर क्या उसके पास है?

'ऋतु.' उसने सुना गिरीश कह रहा है. 'जी करता है पीछे न लौटूं. ऐसे ही जीता जाऊं. तुम्हें रोक लूँ. न जाने दूँ. जी लूँ तुम्हारे साथ, जितना जी सकता हूँ. भौतिक ज़रूरतें क्या मोहब्बत से बड़ी होतीं हैं? सामाजिक प्रतिष्ठा, सम्मान. सफलता के प्रमाण पत्र हमारे लिये नहीं, फिर हम क्यों वही सब चाहते हैं? ऋतु सब कुछ रहेगा. सिर्फ वही नहीं जो छूट गया.'

ऋतु चुपचाप उसके साथ चल रही है. अपने आप में खोई. उसे सुनती, भीगती हुई. आसपास के माहौल से बेखबर, गिरीश का हाथ कोमलता से थामे. आसपास कितने मकान हैं? कितने घर? शाम हो रही है. लोग घर लौट रहे हैं. घर? उसका तो कोई नहीं. वह किसका इंतजार करेगी? शाम भी रोज़ होगी ... रात भी. वह किसकी बांहों में यूँ झूला करेगी? गिरीश को क्या कभी फिर मिल सकेगी? खुदाया! यह क्या कर डाला उसने? एक दिन किसी को सौंप कर वह हर दिन से खाली हो गयी. उसके जीवन में सिर्फ एक बार ज्वार आना था फिर हमेशा के लिये रीत जाना था.

उसे लगा अभी कोई चमत्कार होगा और जादू के ज़ोर से उनके क़दमों के सामने एक घर खड़ा हो जायेगा. गिरीश शाम को घर लौटेगा. वह बच्चों की सार-संभाल किया करेगी. कमबख्त औरत!

'ऋतु. कुछ बोलो ना. चुप क्यों हो?' दोनों पता नहीं किस जगह खड़े हैं. किन्ही फूलों और पेड़ों के बीच. गिरीश वहीँ घास पर बैठ गया. ऋतु को

अपने पास खींचकर. ऋतु पहले उसके कन्धों तक झुकी फिर उसकी गोद में सिर रखकर लेट गयी. वह बहुत थकी लग रही है. सचमुच थक गयी है या मानसिक संघर्ष के कारण. गिरीश नहीं समझ पाया. उसने ऋतु के चेहरे से बाल हटाए और उसका माथा चूम लिया. दो आँसू ऋतु की आँखों में आए, जिन्हें छिपाने उसने लेटे–लेटे ही गिरीश की गर्दन में बाँहें डाल दीं और आधी उठती हुई उसके सीने में अपना सिर छिपा लिया. पर क्या वह गिरीश से छिप सकती थी? उसने उसके बालों को चूम लिया.

'ऋतु, मैं यह नहीं कहता कि तुमने मेरे साथ एक दिन बिताने का फैसला करके सही किया या गलत क्योंकि यह हद हम पार कर चुके हैं. मैं बावज़ूद तुम्हारे साहस के एक बात तुमसे पूछता हूँ. यह दिन हमें खाली करेगा या भरेगा? मैं क्या ज़िन्दगी के बाकी दिन जी पाउँगा? तुम्हारी मुहब्बत जो मेरी नसों में भर गई है, क्या मेरे सिर चढ़कर न बोलेगी? अभी तक तुम्हें चाहते हुए जीना कहीं अधिक आसान था पर तुम्हें पाने के बाद, तुमसे अलग होकर जीना क्या हम पर ज़ुल्म नहीं? ऋतु बोलो ना. क्या कल के बाद के सारे दिन तुम उसी सहजता से जी लोगी?'

उसने ऋतु का चेहरा उठाकर अपने सामने कर लिया. आँसुओं को रोकने की कोशिश में उसका चेहरा बन-बिगड़ रहा है. किसी को बता दो तुम्हें सिर्फ आज जीना है, तो क्या वह अपनी सारी हसरतें एक दिन में पूरी करना न चाहेगा? चाहेगा तो क्या जुर्म करेगा?

ऋतु ने उसके कंधे में अपना सिर छिपाते हुए कहा. 'गिरीश. गिरीश मुझे अपने होटल ले चलो. अभी. इसी वक्त.'

'चलो.' गिरीश ने उसे सहारा देकर उठाया और अपने साथ ले लिया.

साढ़े सात बज चुके और उस कमरे में मोहब्बत सैलाब की तरह बह रही है. बाढ़ तोड़ कर आयी नदी की मानिंद. कोई सारी ज़िन्दगी का प्यार एक दिन में कैसे कर सकता है? ऋतु नहीं जानती थी. गिरीश भी नहीं. बांहें बदन से अलग नहीं होतीं, कसती जा रही हैं. जितना पा सकते हो, पा लो. अगला क्षण क़यामत का क्षण होगा. सारी जिंदगी तुम्हारी आँखें

उसे देखना चाहेंगी. जिसे तुम सबसे ज्यादा प्यार करते हो. तुम सब देखोगे, बस उसे नहीं. ऋतु पर जैसे जुनून सवार था. ये दो बदन अनंत काल तक साथ रहें. समय कहीं नहीं जायेगा. इनकी चौखट से लग कर बैठा रहेगा. जब ये चाहेगें. तभी उठेगा. आगे बढेगा. आज समय ने सिर झुका लिया है. बस अन्दर से टूटी–फूटी आवाजें उस तक पहुँच रहीं हैं ...

'गिरीश. गिरीश. मुझे बहुत प्यार करो. ये न जाने कैसी प्यास है ... इस प्यार की. जितना मिलता है. कम पड़ता है. गिरीश ... चलो हम कहीं भाग चलें. तुम्हारे साथ मैं कहीं भी जी लूंगी. फुटपाथ पर. नदी के किनारे. पेड़ों के नीचे. पहाड़ों पर. कहीं. कहीं भी. गिरीश ... गिरीश ...'

समय ने उठकर चलना आरम्भ कर दिया है. आरम्भ? वह तो चल ही रहा है. तभी से. जिसे लगा है, उसकी अपनी मन:स्थिति है.

रात के दस बज गए हैं. दोनों को अभी भी होश नहीं. आखिर गिरीश ने ही याद दिलायी. ऋतु ने उसके होंठ चूमे और ख़ामोशी से तैयार होने लगी. गिरीश ने तैयार होकर दो कप चाय मंगवाई और कुछ खाने को भी. दोनों ने सिर्फ चाय पी और बाहर आ गए.

गिरीश स्कूटर चला रहा है, ऋतु चुप है. जाने क्या खोया. क्या पाया. उसका अपना आप ही उससे खो गया. जाने वह खुश है या उदास? रास्ते भर कोई कुछ न बोला, मौन की भाषा कहीं अधिक सार्थक होती है.

रेस्ट हॉउस के सामने स्कूटर रुका. ऋतु उतर कर उसके सामने आ गयी ...

'गिरीश मैं सोचती थी, यह एक दिन मैं अपनी छाती से लगाकर आराम से जी लूंगी. अब तो मेरे सारे दिन ही खो गए.' उसकी आवाज़ काँप रही है. वह समूची काँप रही है. गिरीश ने एक गहरी साँस ली, उसके गाल थपथपाए और दोनों अन्दर आ गए. चौकीदार ने उन्हें घूरकर देखा. टीचर और सहेलियां बाहर आ गए. ऋतु नहीं जानती उन्हें क्या–क्या फब्तियां और आक्षेप मिले. गिरीश ने किस तरह सफाई दी? बस इतना याद है,

गिरीश ने उसका हाथ हलके से दबा कर छोड़ दिया और हारे हुए क़दमों से बाहर आ गया.

सारी बातें ऋतु के सिर के ऊपर से गुज़र रहीं हैं. वह चुप है. उसे कुछ नहीं कहना. कुछ नहीं सुनना. जो उसके अन्दर है, इतना गहरा की कोई आवाज़. कोई ताकत उसे छू नहीं सकती. अन्दर जाने का आदेश सुन वह थके क़दमों से ऊपर की ओर चल पड़ी.

दरवाज़ा अनीता ने खोला. उसने गौर से ऋतु को देखा. थकान, टूटन, उदासी, ख़ुशी, निराशा, जाने क्या-क्या था उसके चेहरे पर. उसने ऋतु की बांह पकड़ उसे अन्दर खींच लिया. ऋतु ने उसकी तरफ देखा नहीं. अपनी भर आयी आँखों को पोंछा और बिस्तर की ओर बढ़ी ही थी कि अनिता ने खींचकर उसे अपने गले से लगा लिया. सारा बाँध टूट गया और वह अनु के कंधे से लग फूट पड़ी.

मुझे ही होना है बार-बार

मैंने उस समंदर में पहली डुबकी लगाई, जिसकी उत्ताल लहरें अपने भयंकर सम्मोहित रूप में हाथ उठा-उठाकर मुझे अपने पास बुला रही थीं. मैंने अपने चारों तरफ देखा- कुछ भी ऐसा नहीं था जो मेरे पाँव की बेड़ी बन जाए. दूर-दूर तक फैली धूप में चटखी चट्टानें, जिसकी दरारों और निचली सतहों पर पानी जम जाने की वजह से काई उग आई थी या ज़मीन पर दूर तक बिछी उन मटमैली चट्टानों में पानी के वेग से कहीं-कहीं गढ़े बन गए थे, जिनमें अभी भी मटमैला पानी भरा हुआ था. मैंने रोमांच की तलाश में अपने चारों ओर देखा. ये सारी चट्टानें अगर एक साथ फट जाएं? इस सारे समंदर का पानी अगर ये चट्टानें पी जाएं? हमने कभी चट्टानों की प्यास के बारे में नहीं सोचा, कभी रेत की प्यास के बारे में नहीं सोचा या कभी पानी की प्यास के बारे में. हमने कभी समंदर की प्यास के बारे में नहीं सोचा, जो अपनी बाहें फैला-फैला कर नदियों को अपने पास बुलाता है. हमारी सोच को पूरा का पूरा तय कर दिया जाता है, जैसे भारत या किसी भी देश के मानचित्र को यहाँ से वहां तक, बस. सरहदों के पार जाने में खतरा है. अब मैं किसे बताऊँ, मुझे सरहदों के पार जाना ही इसीलिए है, नहीं तो क्या ज़रूरत है, फिर? पता नहीं क्यों, वही चीजें अभिभूत करती हैं जो मिल नहीं सकतीं. इंसानी लालसाओं का द्वार कहाँ खुलता, कहाँ बंद होता है, यह मैं आज तक नहीं जान पाई.

तो मैंने उस समंदर की लहरों पर अपने जिस्म को ढीला छोड़ दिया, लहरें अपने आक्रामक रूप में थीं. उन्होंने मुझे चारों ओर से दबोच लिया और अपने साथ ले चलीं उन अतल गहराइयों में, जहां समंदर के सारे जीव-जंतु हमारे बदन पर अपने नामोनिशान छोड़ने को भयावह रूप से

आतुर रहते हैं. बाहर ऊब थी, जिसकी कटीली तारों से खुद को टकरा-टकरा कर घायल कर लिया था मैंने और अब मैं अपना लहू चाटते हुए अगले आक्रमण की तैयारी में थी. मैंने भी उन जीवों को छोड़ा नहीं, अपनी पूरी ताकत से उन्हें नोचने-काटने लगी. मेरे समस्त अंगों का उपयोग होने लगा, वे भी जो कई बरसों से बेकार पड़े थे. मैंने लामार्क और डार्विन के उद्विकास के सिद्धांत के बारे में सोचा. नहीं, मैं ऐसा नहीं होने दूंगी. मेरा रोआं-रोआं छितराने लगा- इस पार से उस पार तक.

सारे समंदर का पानी लाल होने लगा. मेरे विचारों के कण उसकी गहराइयों में घुलने लगे, उसकी खामोशियों में भी. मैंने अपने सीने पर एक गीत लिखा और उस सबका आव्हान करने लगी, जिन्होंने मुझे क्षत-विक्षत किया था और चरम आनंद के क्षणों को मैंने उनके साथ भोगा था.

आओ, मेरे साथ गाओ, वह हिंसक गीत, जिसे एक बार गाने के बाद कोई कुछ भी करने को तैयार हो जाता है. आओ, मेरे अंदर का हिंसक जानवर कराह रहा है, अब इसे सांत्वना के स्वर मत दो. यह भाषा यह नहीं समझ सकता. इसे मारो चाबुक से, इसे और भड़क जाने दो. जब तक इसके अंदर एक भी लहू की बूँद बाकी है, यह चुप नहीं बैठेगा और इसे मरने मत देना. इसी के ज़ख्मों पर पैर रखकर इंसान खड़ा है. इसके बिना तो किसी मानव की सम्पूर्णता की कल्पना भी नहीं की जा सकती. मैंने हमेशा इसे सबसे छुपा-छुपा कर पाला है, हमेशा इसे पनाह दी है, इससे पनाह मांगी है, आज मैं इसे अच्छे से देखना चाहती हूँ. इसके पैने नाखूनों में लहू लगा है और अधखाए मांस के रेशे. यह अपनी लंबी जीभ से अपने बदन पर चिपका लहू चाट रहा है. इसे लहू की गंध अच्छी लगती है. बहुत बार तो यह किसी ख़ास गंध की तलाश में बरसों मारा-मारा फिरता है और जब यह मिल जाती है, वह इसे बहला-फुसला इतने आदिम तरीके से इसकी चीर-फाड़ करता है कि वह गंध फिर हवा में बिखरने के लायक भी नहीं बचती. मैंने उसकी तरफ से आँखें फेर लीं. न फेरो तो यह बेहद खतरनाक तरीके से अपनी ओर खींचता है. इसकी आंखों में जादुई चमक है. एक बार इसके घेरे में आ गए तो एक खतरनाक

किस्म की मोहकता हम पर हावी हो जाती है. मैं यह भी करके देख चुकी हूँ. कुछ दिनों की थकान भरी संतुष्टि, फिर किसी नई गंध की तलाश.

मेरा गीत अपने अंतिम चरण पर है. मैं समंदर की अतल गहराइयों में फेंक दी गई हूँ. मुझे साँस नहीं आ रहा. मुझे साँस नहीं तड़फ चाहिए. मुझे अपने ज़ख्म अपनी देह से अलग जान पड़ते हैं. समंदर के तेज बहाव में वे इधर-उधर बहे जा रहे हैं. मैं उन्हें पकड़ना चाहती हूँ पर वे मेरे हाथों से छिटक-छिटक रहे हैं. मैंने देखा – वे किनारे की रेत पर फ़ैल गए हैं. छोटे-बड़े ज़ख्म पुराने सीप और शंखों की तरह किनारे की रेत पर उम्र की तेज धूप में चमक रहे हैं. धूप ढल जाएगी और ये काले पड़ते जाएंगे. फिर किसी शाम को मैं अकेली बैठ इनके छिलके उतारूँगी और नाखूनों से इस पर जमा दुःख साफ़ करूँगी.

पानी बड़े खतरनाक तरीके से मुझे चट्टानों पर पटक रहा है. मेरे हाथ में जब भी कोई सीप आती है, मैं उसका मुंह खोल देती हूँ. मुझ उस अकेली सीप की तलाश है जिसमें एक सच्चा मोती है. मेरे जिस्म से न जाने कितने समुद्री जीव टकरा रहे हैं, वे मुझे चाट रहे हैं. 'मैं बिल्कुल तुम्हारी तरह हूँ.' मैंने उनसे कहा. वे एतराज़ नहीं करते. चट्टानें घायल हो रही हैं. उनकी रेत मेरे धक्कों से बिखर रही है, गिर रही है. सदियों से साधे थी खुद को, छूट रहा है आज सब्र और छन कर खड़ी हो गई है एक आकृति मेरे जिस्म की मार से. और मेरा जिस्म? कुछ भी तो नहीं रह गया इस पर. न रूप, न गंध, न स्वाद. इच्छाओं-लालसाओं की सूखी ठठरी रह गया है मात्र.

पानी मेरे जिस्म से खेलता-खेलता थक रहा है. लहरों ने मुझे छोड़ दिया है. 'तुम अकेली नहीं हो', वे मुझसे कहती हैं और किसी और की तलाश में मुड़ जाती हैं. कोई बात नहीं, सिर्फ मुझे ही तुम्हारी तलाश नहीं थी, तुम्हें भी थी मेरी तलाश और हम दोनों को अब किसी दूसरे की तलाश है, दरअसल अब हम दोनों को ही समझ में आने लगा है, अपने ज़ख्म अपनी जीभ से चाटने में क्या है, कुछ नहीं. मज़ा तब है, जब कोई और हमारे ज़ख्म चाटे और हम दोपहर की गुनगुनी धूप में पैर फैलाकर लेटे देखते रहें अपने ज़हर का प्रभाव.

मैंने पानी से अपना सिर बाहर निकाला और चाँद की किरणों को पीने लगी. आओ, मुझमें एकाकार हो जाओ. मुझे सृष्टि की एकरूपता का रहस्य समझ में आने लगा है. जो मैं हूँ, वही तुम हो. जो तुम हो, मैं हो सकती हूँ. मुझे रूप दो, रहस्य दो, गंध दो. मेरे रंध्र-रंध्र में उतरो. और मैंने देखा, मुझमें न सिर्फ किरणें उतर रही हैं. तारे भी गिर रहे हैं. आसमान से टूट-टूट कर और मेरा जिस्म तारों से पट गया है. एक खूबसूरत चमकता हुआ जिस्म. मैं आल्हादित हो उठी.

'देखो. मुझे देखो.' मैंने दसों-दिशाओं को आवाज़ दी. 'है कोई ऐसा, मेरे जैसा. सिर्फ मैं ही हो सकती हूँ, सिर्फ मुझे ही होना है. मुझे ही बिखरना है टूटकर. मुझे ही बनना है. सृष्टि के अंत के बाद भी मुझे ही होना है ... लगातार ... बार-बार.

मैं अपने मानचित्र से बाहर आ गई. मैंने अपनी सरहदों को दूर से देखा कँटीली बाड़ों से घिरा, अँधेरे में डूबा, कुछ टिमटिमाती रोशनियों के टुकड़े उस पर गिरते हैं और उस निस्सीम अँधेरे में खो जाते हैं. कुछ टिमटिमाती रोशनियाँ, जिसके एक टुकड़े की खातिर हम सदियों से मारे-मारे फिर रहे हैं और जब वह एक टुकड़ा कभी गिरता है, हम सब भूखे भेड़ियों की तरह उस पर टूट पड़ते हैं. उसे नोच-नोच कर हवा में छितरा देते हैं. और फिर वह भी आखिरकार उसी अँधेरे में जा मिलता है.

मैंने बाहर आकर उस चट्टान को देखा, जिसे मेरी देह ने तराशा था. फिर अपने बदन को देखा ... जो तारों से भरा जगमगा रहा है. मैंने एक तारा उठाया और उस आकृति के माथे पर जड़ दिया ...

'अब तुम बहुत सुन्दर हो, मेरी ही प्रतिरूप.' मैंने उसे चूम लिया.

बेवकूफ कहीं का

उसने अपना सामान जमाने में इतना ज्यादा वक्त ले लिया कि सामने खड़ा बंदा बेचैन होने लगा. शायद अभी भी वह कुछ और कहना चाहता है- तुम जल्दी आ जाना, पहुँचते ही काल करना, वगैरह–वगैरह. वह कनखियों से उन दोनों को देख रहा है. उस छरहरी सलवार सूट पहने लड़की सी दिखती औरत की बाहर खड़े व्यक्ति में कतई दिलचस्पी नहीं है, जो उसे छोड़ने आया है. अपना ट्राली बैग रखने के बाद उसने अपना लैपटॉप बैग अपनी सीट पर रखा. फिर एक न्यूज़ पेपर और कुछ किताबें. उसके ऊपर पर्स और सैमसंग का बड़ा सा मोबाईल. खाने का पैकेट उसने पहले ही रख दिया था. जितना बड़ा सफ़र न होगा उतना बड़ा आयोजन, उसने सोचा. आख़िर ट्रेन सरकी. महसूस करते हुए उस स्त्री ने बाहर खड़े व्यक्ति को देखकर अपने चेहरे पर मुस्कान चिपकाते हुए हाथ हिलाया. अनकही–अनसुनी इबारतें अभी भी उसके दूर जा रहे चेहरे से चिपकी थीं. वह उदास था और यह खुश. प्लेटफार्म धीरे–धीरे पीछे छूट रहा है. घंटे भर प्लेटफार्म का शोर सहने के बाद ए.सी. कूपा किसी स्वर्ग सा भासता है. स्त्री अपना पसीना सुखाते हुए बैठ गयी. उसने उचटती नज़र से अपने सहयात्रियों को देखा. सामने लोअर बर्थ पर अधलेटा वह. उसने एक मुस्कान उछाल दी. स्त्री ने जवाब भी उसी सहजता से दिया. फिर आराम से बैठ प्लेटफार्म के बाद अब गुज़रते हुए शहर को देखने लगी है. उसके चेहरे पर अपार तसल्ली है. अचानक उसे प्यास लगी और वह अपने सामान में पानी की बाटल ढूँढने लगी.

'ओह, लगता है कार में छूट गयी.' उसने बुदबुदाते स्वर में जैसे खुद से कहा.

उसने तत्काल अपनी नई–नकोर बॉटल उसके सामने रख दी ... 'ये लीजिये. मेरे पास दो हैं.'

'ओ.थैंक्स.'

उसने बेझिझक ले ली और सील तोड़ बॉटल मुँह से लगा ली. वह उसके सफ़ेद गले से पानी उतरते देख रहा है. यह शायद उसने भी लक्ष्य किया.

'रियली थैंक्स सर.' उसने ढक्कन लगाकर बॉटल घुटनों में फँसा ली.

ए. सी. अटेंडेंट दो बैडरोल उनके सामने रखकर चला गया है. वे खोलकर बिछा लेते हैं. आमने–सामने की चार सीटों में अभी वे दो ही हैं. दो अभी आए नहीं हैं.

'मुझे ट्रेन में सफ़र करना अच्छा लगता है. हम बहुत वक्त अपने साथ रह सकते हैं, तन्हा. पढ़ सकते हैं, सोच सकते हैं, अपने माजी में भटक सकते हैं बशर्ते आपने अपना लैपटॉप ऑन न किया हो. फ्लाईट में यह आनन्द कहाँ? आधा वक्त एयरपोर्ट की फॉर्मेलिटी. फिर उडान भरी नहीं कि पहुँच गए.'

स्त्री ने यूँ ही उससे कहा और सफ़ेद चादर अपने गिर्द लपेटते हुए पैर लम्बे कर लिए. कुछ पलों के लिए उसकी आँखें मुँद गईं.

वह बड़े ध्यान से उसका तसल्लीबख्श चेहरा देख रहा है जैसे वह बहुत दूर से भागती आयी हो और अब ढह जाना चाहती हो.

'आप कहीं जॉब करतीं हैं?' वह बात आगे बढ़ाना चाहता है.

'जी. एक्सिस बैंक में. बहुत दिनों बाद पांच दिनों की छुट्टी मिली है. दिल्ली जा रही हूँ अपने भाई के पास.' वह बेहद खुश है. राहत चेहरे से जिस्म तक फ़ैल गई है.

'अच्छा. बैंक का काम तो बड़ा आराम वाला है, दिन भर ए.सी. में कम्पूटर के सामने बैठे रहो टिक–टिक करते.'

'आप कहाँ काम करते हैं?' उसने मुस्करा कर पूछा.

'अख़बार में.'

'तभी आपको ऐसा लग रहा है. हमें वही अच्छा लगता है जो हमारे पास नहीं होता मिस्टर ...' उसने प्रश्नवाचक निगाहों से उसे देखा.

'बी. के. के.'

बी. के. के. ! वह बेतरह मुस्करा पड़ी.

'मे आय नो योर नेम?' उसके मुस्कराने की वजह समझे बिना वह आगे बढ़ गया.

'याह! एस. पी. ,' उसने शरारत से कहा और हंस पड़ी.

'एस. पी.?' उसने चकराए अंदाज़ में पूछा.

'समीक्षा पुरोहित,' कहते हुए उसने बाहर देखा. बाहर के नज़ारे देखने की शौक़ीन समीक्षा को लगा वह व्यर्थ की बातों में उलझ रही है. इससे अच्छा खाए–पिए–पढ़े और सोए. ट्रेन दोपहर एक बजे उसके शहर से चल पड़ी थी और अब लंच टाइम हो रहा है.

वह उठ के बैठी और उसने खाने के पैकेट को अपनी ओर खिसकाया. फिर उसकी ओर देखा ...

'लंच टाइम हो गया है. फीलिंग हंगरी. आने की आपाधापी में ठीक से ब्रेक फ़ास्ट भी नहीं किया.'

'ओ.श्योर. मैं भी शुरू करता हूँ. देखूँ मेरी बीबी ने क्या–क्या बनाकर दिया है. '

दोनों अपने–अपने पैकेट खोलने लगे. समीक्षा ने तो आते–आते एक थाली पैक करवा ली थी. बी. के. के. के पास घर का बना खाना था. एकदम तरतीबवार. छोले–पुड़ी, भरवाँ करेले, हरी मिर्च के पकोड़े, हरी चटनी, रायता, पुलाव और रसमलाई.

'ये लीजिये भरवाँ करेले. मेरी बीबी खाना बहुत अच्छा बनाती है. सिर्फ खाना.' उसने मजाकिया अंदाज़ में कहा. समीक्षा ने भी बेतकल्लुफ़ी से उसके डब्बों में ताँक–झाँक की और दो करेले उठा लिए.

'मैं घर में इतनी सारी चीज़ें नहीं बना पाती. साढ़े नौ बजे बैंक पहुंचना होता है. रात में भी हम या तो बाहर चले जाते हैं या शार्ट कट से काम चला लेते हैं.' उसने अपना पैकेट उसके सामने कर दिया.

'यहाँ रखिये. मिला–जुला के खाते हैं.'

बीच में बने टेबल टॉप पर दोनों ने अपने पैकेट रखे और खाने में मग्न हो गए.

'ये जो आपको छोड़ने आये थे, आपके पति हैं?' बी. के. के.ने पूछ लिया.

'जी.'

'आपसे कहना चाहते थे कुछ.'

'हां, जो मैं सुनते–सुनते थक चुकी हूँ. ये मर्द भी न औरत के सामने खुद को बुद्धिमान साबित करने का कोई मौका नहीं छोड़ना चाहते. कहेंगे, अजनबी लोगों से लेकर कुछ खाना मत. जैसे मैं बड़ी भुख्खड़ हूँ. किसी से बात मत करना और उस कूपे में पुरुष ज्यादा हुए तो टी.सी. से कहकर सीट बदलवा लेना. हम औरतें ही बदनाम हैं ज्यादा बात करने के लिए. आइना देखने से तो पुरुषों को डर लगता है.' स्त्री ने उसकी तरफ देखते हुए थोड़े गुस्से से कहा, मानों किसी बुजुर्ग से बच्चे की शिकायत कर रही हो.

'पजेसिव हो रहे होंगे कि जिस वक्त वो आपको नहीं देख रहे, न जाने कितनी आँखें आपको देख रहीं होंगी.'

'मैं उनकी प्रापर्टी तो हूँ नहीं.'

'पर हमारे यहाँ बीबियों का शुमार प्रापर्टी में ही होता है. जितनी ज्यादा सुन्दर और बुद्धिमान, सामने वाला उतना दौलतमंद.' वह अब उसे दिलचस्पी से देख रहा है. यूँ सहयात्रियों से दोस्ती करना उसे न सिर्फ अच्छा लगता है बल्कि वह इसमें माहिर भी है. पर इस वक्त तो वह 'बिल्ली के भाग से छींका टूटा' जैसा महसूस कर रहा है.

'व्हाट डू यू वांट टू से?' अब स्त्री ने सीधा उसे देखा.

'वही, जो आप समझ रहीं हैं. आप हैं और इसमें आपके पति का कोई दोष नहीं है. सुन्दर पत्नियों के पति कभी न कभी 'बेचारे' बन ही जाते हैं जिन पर बाद में उनकी बीबियाँ तरस खाना भी छोड़ देतीं हैं.'

हालांकि कोई खास बात नहीं थी पर दोनों हँस पड़े और रहा सहा संकोच भी धुल गया.

'आपकी बीबी सचमुच खाना अच्छा बनाती है. मैं तो आपका पूरा खाना खा गयी.'

'जहे–नसीब. अब ये रसमलाई भी नोश फरमाइये.'

'आप क्या खायेंगे?'

'ये गुलाब जामुन.' उसने अपनी रसमलाई उसके सामने रख दी.

'आप खुशनसीब हैं, आपको हर रोज़ इतना अच्छा खाना मिलता है.'

'अपनी खुशनसीबी अकसर पता नहीं चलती. मेरे जॉब के समय को लेकर हम दोनों में बहुत झगड़े होते हैं. मैं लंच के बाद चला जाता हूँ और अकसर सुबह चार–पाँच बजे घर पहुँचता हूँ. सुबह बारह बजे तक सोता हूँ. वह हमेशा, जो उसके पास नहीं है, का सोग मनाती है बजाय इसके कि जो उसके पास है उसे लेकर खुश या कृतज्ञ हो. मैं सारी कमाई लाकर उसके हाथ में रख देता हूँ और जेब खर्च भी उसी से माँगता हूँ फिर भी वह खुश नहीं होती.'

'ऐसा ही मेरे साथ भी है मिस्टर बी.के. उसे हर वक्त लगता है मैं उसे प्यार नहीं करती. जो लोग प्यार मांगते हैं, वे हमेशा दूसरे को बहुत सताते हैं. ये कहीं और नहीं मिलता ... अपने आपसे मिलता है. जहाँ हम अपने अहसास बांट ही न पायें ... वहां कैसा प्यार?' वह चुप हो गई.

'मुझे लगता है वस्तु–विनिमय फिर भी कुछ ईमानदार होता है. आप कुछ खरीदते हो, उसकी कीमत अदा करते हो ... कम या ज्यादा ... उसे घर ले आते हो ... रिश्तों के बाज़ार तो इससे भी खतरनाक होते हैं. आप पत्नी या पति हो. यह क़र्ज़ उम्र भर उतारते रहो. शादियों का व्यापार इसी लेन–देन पर चलता है. जहाँ सिर्फ जिस्म ही फूलता-फलता है.' समीक्षा ने सिर्फ सिर हिलाया और अपने में डूबी कभी उसे कभी बाहर देखती

रही. खाना ख़त्म हुए भी आधा घंटा हो गया. दोनों अपने–अपने साथ लाई किताबों में उलझने का दिखावा कर रहे हैं. समीक्षा ने ज़रा सा उठकर उसकी किताबों पर नज़र डाली, पाम ग्राउट ... और रिचर्ड ब्रान्सन.

'आप पोजिटिव थिंकिंग की किताबें ज्यादा पढ़ते हैं?' उसने किताबें उलटीं–पलटीं.

'जी हां. सफ़र में शरीर के साथ दिमाग की सफाई करना भी ज़रूरी हो जाता है. हम जिन सच्चाइयों के रूबरू होते हैं दिन भर वे बड़ी कड़वी होतीं हैं और हमारे जीवन को भी कड़वा बना देती हैं.'

'कभी–कभी मैं इतनी बेचैनी से किताबें ढूँढती हूँ कि लगता है मैं जो कुछ ढूंढ रही हूँ, किताबों की शक्ल में मिल ही जायेगा. पर नहीं, करना खुद को ही पड़ता है. शब्द सिर्फ रास्ता दिखाते हैं. सोचती भी हूँ, कुछ लोग अपनी जिंदगी में कितना कुछ कर जाते हैं. एक हम हैं, लकीर के फ़क़ीर. मैं एयर होस्टेस बनना चाहती थी. मेरा सलेक्शन हो गया. दो साल काम भी किया. फिर मेरे पेरेंट्स ने मुझे वापस बुला लिया. कहने लगे, कोई एयर होस्टेस से शादी नहीं करना चाहता.'

ट्रेन के साथ उसका जिस्म भी हिल रहा है, आवाज़ भी. ये शायद उदासी है जो हिलते-हिलते ऊपर आ गई है ... मख्खन की तरह ...

'और आप वापस आ गयीं?'

'क्या करती? फिर उन्होंने मेरी शादी कर दी. शादी के बाद मैंने बैंक का एग्ज़ाम दिया और अब जॉब कर रही हूँ. देखिये न, कहाँ आसमान में उड़ने का ख्वाब और कहाँ एक ही जगह गोल–गोल घूमना?'

'हर रिश्ता अपनी कीमत मांगता है पर जब माँ–बाप माँगते हैं न तो अन्दर जख्म पड़ जाते है.' बी.के. का धीमा स्वर उसके कानों से टकराया. फिर एक वह कोई अपनी बात बताने लगा.

वह खिड़की से बाहर देख रही है ... जंगलों का अनवरत सिलसिला. पीछे छूटते खेत–पशु–खंभे और बहुत सी चीज़ें. उसे अपनी पहचानी दुनिया से दूर जाना अच्छा लगता है. जब वह छोटी थी बकौल अपनी माँ, सारी–सारी रात ट्रेन की खिड़की से चिपकी बाहर अँधेरे में देखती रहती थी.

नींद के झोंकों की मारी. वह पता नहीं क्या बोल रहा है. वह कभी ज़रा सी आँखें खोलकर उसे देख लेती और कभी उसके शब्दों को ध्यानपूर्वक सुनने की कोशिश करती. फिर उसे लगा वह अपनी बर्थ पर सो गई है. वो कोई और है जो जागते हुए उसे सुन रहा है. हालांकि वह किसी शब्द को पकड़ नहीं पाई और हर आवाज़ उससे बाहर रह गई.

'उठिए अब. मैं आपके लिये गर्मागर्म कॉफ़ी लाया हूँ.' इस आवाज़ ने उसकी नींद तोड़ी. उसने चौंक कर उसे देखा और पूछा, 'यह कौन सा स्टेशन है?'

'नागपुर. ये लीजिए आपकी काफ़ी.' उसके बढे हुए हाथ में काफ़ी का कप देते हुए कहा.

'जस्ट कमिंग. न पहुँचूँ तो चैन खींच दीजियेगा.'

'अरे ... रे.कहाँ चले. सुनिये तो ... मैं नहीं कुछ करने वाली.' वह हड़बड़ा कर उठ बैठी. काफ़ी छलकते–छलकते बची पर वह तो गया ... 'कमाल है! ऐसे भी लोग हैं. उसका सारा सामान यहीं है और मैंने चैन न खींची तो?'

उसने अपनी काफ़ी ख़त्म की और बेचैनी से इंतज़ार करने लगी. साथ की दोनों सीटें अब भी खाली हैं. बगल से किसी बच्चे के रोने की आवाज़ आ रही है. उसकी माँ उसे चुप कराने की कोशिश कर रही है. और सचमुच ट्रेन चल पड़ी है. हाय! अब क्या? मेरे पास तो उस बी.के.के. का मोबाइल नंबर भी नहीं है. 'बेवकूफ कहीं का ...' चिढ़कर उसके मुंह से निकला और उसने खड़े होकर चैन खींच दी.

ट्रेन स्लो होती हुई रुक गई. अब कोई आएगा पूछने तो क्या जवाब दूंगी? वह धड़कता दिल लिये द्वार पर जा खड़ी हुई. अभी ट्रेन ने प्लेटफार्म पार नहीं किया था और वो देखो, दो हाथों में दो पैकेट लिये वह भागा चला आ रहा है. उसने हाथ ऊपर उठाकर उसे जल्दी आने का इशारा किया. वह हाँफते–हाँफते पहुँच ही गया.

'यह क्या है?' उसने गुस्से से पूछा.

'डिनर. 'कमसम' से.'

'हे भगवान! आर यू मैड? 'कमसम' प्लेटफार्म नंबर-1 पर है.'

'हां, तभी तो देर हुई.'

'अरे, एक वक्त नहीं खाते तो क्या फ़र्क पड़ जाता? मेरे पास इसका फोन नं. है. यहीं डिलेवरी दे देता.'

'अन्दर चलो, देर हो रही है.' उसने उसे झिड़कते हुए कहा.

अन्दर आकर उसने खाने के पैकेट टेबल टॉप पर रख दिए. तभी उन्होंने देखा दो आफ़ीसर से दिखते व्यक्ति ए.सी. कूपे के बाहर खड़े बातें कर रहे हैं फिर अपना काम करके वे चले गए. उन्होंने राहत की सांस ली और ट्रेन चल पड़ी. वह उसे कुछ देर तक देखती रही.

'मैंने आपका रात का खाना भी उड़ा दिया न?'

'खाना तो होता ही उड़ाने के लिये है. वैसे भी मैं वही खाना दोबारा नहीं खा सकता सो फ्रेश ले आया.'

वह कहीं न कहीं जानती थी यह खाना उसके लिये ही आया है.

'मैं इसका पेमेंट आपको कर दूंगी.'

'ज़रूर कर दीजियेगा. वैसे अभी आपके पास खाने को क्या है?' उसने उत्सुकता और मज़ाक में उसके कैरी बैग को टटोला.

'निकाल लीजिये, चिप्स और बिस्किट्स हैं.'

उसने एक पैकेट समीक्षा के सामने किया, उसके 'नो थैंक्स,' सुनते ही खुद खाने लगा.

'अगर मैं चैन न खींचती तो.' उसने शरारत से कहा.

'यह तो आप अपने आप से पूछिए.' वह मुस्करा दिया.

वह बहुत देर तक उसका चेहरा देखती रही. वह कोई चालीस के आसपास का गेहूंआ, लम्बा–छरहरा सा व्यक्ति है, जींस और सफ़ेद टी शर्ट में थोड़ा मासूम, थोडा भोला सा दिखता.

'जिंदगी के इस सफ़र में कितने लोग मिल जाते हैं न बी.के., जिन्हें हम चाहते हुए भी भुला नहीं पाते.'

उसने कुछ भावुक होकर उससे कहा फिर जैसे वह अपनी इस भावुकता के प्रति सजग हो उठी, बात संभालते हुए बोली, 'मैं अपने बैंक में लास्ट मंथ हुई एक घटना का बयान करना चाहती हूँ. मे आय?'

उसने ज़रा सा रूककर पूछा.

'ओह ... प्लीज़.'

वह जमकर बैठ गया, उसके दोनों कान उस तरफ लग गए.

'लगभग साल भर पहले हमारे बैंक में एक बेहद व्यस्त दिन के दौरान एक बद्दू से आदमी ने प्रवेश किया. कहा, 'मुझे मैनेजर से मिलना है.'

'जी, क्या काम है? मुझे बताइये...' मैंने नम्रता से उसे अपने सामने बैठने का संकेत किया.

'नहीं, मुझे मैनेजर से मिलना है. '

उसने निहायत ही अख्खड़ ढंग से जिद्दी आवाज़ में कहा.

मैंने अपने कुलीग इक़बाल को इशारा किया कि वह उसे मैनेजर से मिलवाने ले जाए. सोमवार का दिन था दो छुट्टियों के बाद. किसी को दम मारने की फुरसत नहीं थी. फिर भी उसे मैनेजर के केबिन में ले जाया गया. मैनेजर तो उसे देखते ही समझ गया व्यर्थ की सिर खपाई है. फिर भी शालीनता से उसे बैठाया और ज़रुरत पूछी.

'मुझे यहाँ एकाउंट खुलवाना है.' उसने तुरन्त कहा.

'ये आपको सारा प्रोसेस समझा देंगे. आपकी फोटो लगेगी और एड्रेस प्रूफ. इक़बाल इन्हें बाहर ले जाओ और सब समझा दो.'

इक़बाल उन्हें बाहर ले आया. लगा समझाने.

'मैं पैसे लेकर आऊंगा तो फिर क्या होगा?'

'आपका सारा पैसा बैंक में जमा हो जायेगा. आपको एक पासबुक दी जाएगी जिसमें आपके सारे पैसे मेंशन होंगे. जब आप कुछ निकालेंगे तो वह भी दर्ज़ हो जायेगा. आपने इससे पहले कभी बैंक में खाता नहीं खोला?' इक़बाल ने मुस्कराते हुए पूछा.

'नहीं, मुझे कभी समझ में नहीं आता, मैं अपना पैसा कहाँ रखूं?'

'इसमें आपको थोडा सा ब्याज भी मिलेगा.'

'ब्याज मुझे नहीं चाहिए. मैं अपने पैसे की सुरक्षा चाहता हूँ.'

'इसकी गारंटी बैंक लेती है. मैं लेता हूँ.' इक़बाल ने उसे प्यार से देर तक समझाया.

दूसरे दिन वह एक बोरे में सारी रकम लेकर आया. छोटे–बड़े नोट–चिल्हर ... सब. सारा बैंक हैरान रह गया. सबकी आँखें फटी की फटी रह गयीं. उसने आते ही इक़बाल को तलब किया. इक़बाल आया. उसने चार लोगों को नोट गिनने के काम में लगा दिया. जब इक़बाल ने दीनानाथ नाम के उस आदमी को एक्चुअल अमाउंट बताया तो उसके चेहरे पर मुस्कान आ गयी. जाहिर है वह गिन के आया था.

'सही कहते हैं, इसे जमा कर दीजिए. '

इक़बाल ने फार्म भरा, उसके पैसे जमा किये, पासबुक बनवाई, उसे उसका फिगर दिखाया और चाय पिलाकर विदा किया.

आठवें दिन फिर एक झोले में कुछ हज़ार रूपये लेकर वह आया. किसी विंडो पर नहीं गया, आते ही बोला- 'मुझे इक़बाल से मिलना है.'

इक़बाल जहाँ था वहीँ से भागता आया. बिठाया, फार्म भरा, पैसे जमा किए. पासबुक में एंट्री की और उसे दिखाकर विदा किया. इस तरह वह साल भर आता रहा. कभी निकालने, कभी रखने. निकालने कम, रखने ज्यादा. हर बार उसने सिर्फ इक़बाल से अपना काम करवाया.'

वह बड़े ध्यान से उसे सुनता जा रहा है. कुछ रोमांचक सुनने की उम्मीद में.

'एक बार वह आया तो इक़बाल नहीं था. उसे तीन महीने के लिए किसी दूसरी ब्रांच में भेज दिया गया था. आते ही उसने इक़बाल को तलब किया. मैंने उससे कहा इक़बाल नहीं है पर उसका सारा काम मैं कर देती हूँ. वह जैसे सन्नाटे में कुछ मिनट बैठा रहा, फिर मुझसे बोला, 'मुझे अपना एकाउंट बंद करना है.'

'क्यों?' मैंने हैरत से पूछा.

'इक़बाल नहीं है. मुझे अपना एकाउंट बंद करना है. '

मैंने तुरन्त मैनेजर को फोन किया. वह भागता हुआ आया. सबने उसे कोई घंटे भर समझाया पर उसकी एक ही रट थी. इक़बाल नहीं है. हमने कहा, वह आ जायेगा. उसने कहा, 'हां, तब देखेंगे. मेरे सारे रूपये दे दीजिए. मुझे अभी चाहिए.'

'फिर उसने अपना एकाउंट बंद करवा दिया?'

'हां, वह अपने सारे रूपये उसी वक्त लेकर चला गया. उसके लिये एक व्यक्ति पर विश्वास पूरे सिस्टम पर विश्वास से बड़ा था.'

वह महसूस करता है उसके आवाज़ का उल्लास और गति, एक लयात्मकता. धीरे–धीरे कहना और बहना. वह उसके साथ–साथ चलना चाहता है. दो कदम आगे चला जाता है तो फिर रुक कर इंतजार करता है. दो कदम पीछे रह जाता है तो उसके पीछे–पीछे भागने लगता है. कुछ लम्हे अपनी उद्दाम जिजीविशा में इस तरह चमकने लगते हैं कि उनके छोटे या बड़े होने का ख्याल तक नहीं आता.

वह चुप हो गई है.

'तुम पूछ सकते हो यह सब मैं तुम्हें क्यों सुना रही हूँ. सिर्फ वक्त काटी के लिए? ये भी एक सच तो है ही. आखिर इस प्लेनेट पर वक्त काटी के लिये हम क्या–क्या नहीं करते? ज़रूरी नहीं है हर सवाल का उत्तर देना. उन्हें अपने भीतर देर तक गूँजने दो और फिर उनके विलुप्त हो जाने का इंतज़ार करो.'

बच्चा अभी भी रो रहा है. वह अपने अन्दर बेचैनी महसूस करने लगी. उठी, कर्टेन उठाकर बगल वाली सीट में झाँका.

'एक्सक्यूज़ मी. मुझे लग रहा है. बच्चे को पेट में दर्द है. यह अकसर होता है.'

बच्चे की परेशान माँ ने क्षण भर उसे देखा और अनिभिज्ञता से गर्दन हिलाई. परेशानी में उसका चेहरा उतर गया था. चलती ट्रेन में रात को क्या किया जाये? समीक्षा ने अपनी बाहें आगे फैलायीं तो उसने सहजता से बच्चा दे दिया. लगभग छह माह का गोरा–गदबदा बच्चा पैर ऊपर

उठा रो–रोकर लाल पड़ गया है. उसने बच्चे का पेट दबाया तो उसका रुदन तीव्र हो गया.

'एक मिनट इसे संभालिये..' कहकर उसने बच्चे को माँ की गोद में दिया और वापस आ अपने सामान में से कुछ ढूँढने लगी.

'क्या चाहिए?' बी. के. के. ने पूछा.

'मिल गया,' उसने पुदीन हरा की छोटी सी बोतल उसे दिखाई और वापस बच्चे की माँ के पास गई.

'एक बूंद अपने दूध में मिलाकर इसे पिला दीजिए.'

बच्चे की माँ ने अनुग्रहीत होकर उसे देखा. बच्चे को सौंपा उसे और अपने सामान में से चम्मच निकालने लगी. तब तक एक तरफ बैठकर समीक्षा ने बच्चे को अपने घुटनों पर उल्टा लिटाया और उसकी पीठ पर हल्की थपकियाँ देने लगी. फिर सीधा किया और टांगों की कुछ एक्सरसाइज़ करवाई. माँ ने उसे चम्मच में दूध दिया तो उसने वह भी पिला दिया. फिर बच्चे को अपने कंधे से चिपका वह प्यार से उसकी पीठ थपथपाने लगी. लगभग दस मिनट में बच्चे का रुदन कम होते–होते बंद हो गया और वह निढाल उसके कंधे से लगा सो गया. उसने बच्चे को माँ की गोद में दे दिया.

'अब इसे सुला दीजिये. ए.सी. बंद कर दीजिये. बच्चे के पैर ठंडे हो रहे हैं. '

उसके पति ने लपक कर ऊपर बने ए.सी. होल को बंद कर दिया. ये चार–छह लोग एक ही फैमिली के मालुम होते हैं. उन्होंने उसका आभार व्यक्त किया. बच्चा उन्हें सौंप कर वह वापस अपनी सीट पर आ गई.

'आपको बड़ा एक्सपीरियंस है बच्चों का?' बी .के. के. ने मज़ाक किया.

'मेरे नहीं हैं इसलिए बच्चों से सम्बंधित हर बात मुझे पता है. '

बी. के. का मन किया वजह पूछे पर जाने क्यों वह झिझक गया. इस खुशगवार सफ़र में वह नहीं चाहता कोई उदास करने वाली बात हो.

वह किस्मत से मिले इस प्यारे साथ को जी लेना चाहता है. कौन कमबख्त जानता है अगले कदम पर तुम्हें क्या मिलने वाला है?

'अब डिनर किया जाये. नौ बज रहे हैं. ' बी.के. ने उसे याद दिलाया.

'जी ज़रूर, दुपहर को मैं आपका सारा खाना खा गई थी. आपकी बीबी ने रात के लिये दिया होगा. '

'मुझे पता होता आप मिलने वाली हैं तो मैं न जाने क्या–क्या ले आता?' बी. के. की आवाज़ में न जाने क्या था जिसने उसके दिल को छू लिया पर उसने ज़ाहिर नहीं होने दिया. उसने दोनों पैकेट टेबल टॉप पर रख दिए.

'घर में हम दोनों ही हैं. एक साथ डिनर करते हैं. वे टी. वी. में इस कदर डूबे रहते हैं कि मुझे लगता ही नहीं मैं उनके साथ हूँ. कुछ लोग इतनी दूर खड़े रहते हैं कि बगल में बैठे भी रहें तो लगता नहीं वे आपको सुन रहे हैं और कुछ, कितनी भी दूर रहें उनका अहसास हमेशा आपके निकट रहता है.' समीक्षा ने खाते हुए कहा.

'हां, हकीकतन आपके दस फ्रेंड भी न होंगे. फेस बुक पर दो हज़ार हैं.' बी. के. ने मुस्करा कर कहा.

'अभी आपने मुझे अपने बैंक में घटी एक घटना बताई. खाना ख़त्म करने के बाद मैं अपने दोस्त के साथ घटी एक मज़ेदार घटना आपको बताना चाहता हूँ, अगर आप सुनना चाहें.'

'ज़रूर, हमको डिस्टर्ब करने वाला कोई है भी नहीं.' उसने मुस्कराते हुए कहा.

'तो चलिए, शुरू करता हूँ. अख़बार में मेरा एक कुलीग है,फ़िरोज़. उसने बताया कि गांव में रह रही उसकी ताई एक बार ऐसी बीमार पड़ी कि ठीक होने का नाम ही न ले और जैसा कि उनमें होता है सारे नाते–रिश्तेदार कहने लगे, इस पर किसी काली प्रेतात्मा का साया है सो झाड़–फूंक करवाना ज़रूरी है. पता लगाया गया कि एक हकीम साहब बीस कोस दूर रहते हैं जो कहीं आते–जाते नहीं पर अगर उनसे बिनती की जाए तो हो सकता है वे मान जाएं.'

समीक्षा बहुत ध्यान से उसे सुन रही है.

'फ़िरोज़ के अब्बा, अपने बड़े भाई-भाभी की खातिर उस हकीम के गांव गए और किसी तरह उन्हें घर आने को तैयार किया. तय हुआ कि रविवार को दुपहर बारह बजे तक वे आ ही जायेंगे. ठीक वक्त पर वे आए. उनका स्वागत किया गया और जैसा कि होता है मुस्लिमों में पर्दा प्रथा थी, बड़े बैठक खाने में लगे भारी-भारी पर्दों के दूसरी ओर बीमार महिला को लाया गया. हकीम ने उनके आने की आवाज़ सुनी और कहा, 'मैं सिर्फ नब्ज़ देखूँगा.'

परदे के उस पार से सरसराहट सुनाई दी. कुछ चूड़ियों की खनक. फिर एक गोरा-चिट्टा, दुबला-पतला हाथ हकीम के सामने प्रगट हुआ. हकीम को घेर कर खड़े थे हवेली के पुरुष.

हकीम ने हथेली की नब्ज़ पर हाथ रखा और आँखें बंद कर लीं. एक मिनट बाद उन्होंने हाथ छोड़ दिया. हाथ अन्दर चला गया. हकीम ने अपनी दाढ़ी खुजलाई और फ़िरोज़ के अब्बा की ओर देखते हुए कहा, 'मियां आप तो कह रहे थे, ये आपकी बड़ी भाभी हैं. पर ये लड़की तो अभी कुँआरी है.'

एक चीख परदे के पीछे से सुनाई दी और एक गहरा सन्नाटा सबके चेहरों पर फ़ैल गया.

दोनों बहुत देर तक एक-दूसरे को देखते रहे.

'ज़िंदगी बहुत अजीब है न? सारे हादसे यहीं होते हैं.' बी. के. ने खोई-खोई आवाज़ में कहा. जाने उससे या खुद से.

'पर सारे हादसे औरतों के साथ ही क्यों होते हैं?'

'हादसे किसी के भी साथ हों, झेलती उसे औरत ही है. अपने मन और आत्मा पर, वहीं पड़ते हैं निशान.'

जो भी था उसकी आवाज़ में समीक्षा ने उसे अपने बहुत भीतर महसूसा और वह डर गई. एकाएक वह अपने भीतर के किवाड़ बंद करने को व्यस्त हो उठी.

'अब सोने की तैयारी की जाये? साढ़े दस बज रहे हैं.' उसने जल्दी से कहा.

'आपको इतनी जल्दी सोने की आदत है?'

'हां, हम न्यूज़ पेपर में काम नहीं करते इसलिये,' उसने हँसकर कहा.

बिस्तर लगाया, सिरहाने पानी की बॉटल रखी और हाथ में एक किताब लेकर लेट गई. पढ़ने में मन नहीं लगा. उसने हाथ बढ़ा लाइट बंद की और चादर मुँह तक खींच ली. अन्दर बहुत कुछ चल रहा था, जिसे सहने के लिये उसे तन्हाई की ज़रुरत थी.

रात न जाने क्या वक्त होगा, जब किन्ही दो लोगों की आपसी बातचीत से उसकी नींद टूटी. बातों के टुकड़ों के साथ शराब की तेज बदबू उसके नथुनों से टकराई. वह उठकर बैठ गई. दोनों खाली सीटों पर दो आदमी काबिज हो चुके थे. ज़ाहिर था पी–खा के आए हैं. सामान सीट के नीचे धकेलते हुए अपना चेहरा जानबूझकर उसके नज़दीक लाने की कोशिश की. वह घबरा कर पीछे सट गई. उनके चेहरे पर कुटिल मुस्कान थी. उन्होंने आँखों के इशारे से एक–दूसरे से बात की और उसे एक भद्दा इशारा किया. ट्रेन चल रही है. बेसाख्ता समीक्षा के मुंह से निकला- 'बी. के. ...'

वह भी शायद गहरी नींद में था, सुना नहीं. उसने हाथ बढ़ा कर उसे हिला दिया.

'बी. के. ...'

'क्या हुआ?' वह चौंक कर उठ बैठा. घड़ी देखी. एक बज रहा है.

'कुछ नहीं, मुझे नींद नहीं आ रही.' उसने आँख के इशारे से संकेत किया.

वह उठ कर बैठ गया. उसने सरक कर उसे अपनी सीट पर जगह दे दी तो वह उठकर उसकी बगल में आ गया और वे दोनों इधर–उधर की बातें करने की कोशिश करने लगे. नए आये सहयात्रियों ने एक–दूसरे को देखा और ऊपर अपनी बर्थ पर चले गए. बहुत देर बाद उनके खर्राटों की आवाज़ गूँजी.

खिड़की के बाहर भागती रात है. कुछ भी ठीक से दिखाई देता नहीं. शायद चाँद ही हो या कुछ तारे भी हों. कुछ जुगनू. जब तुम एक दुनिया अपने गिर्द चादर की तरह लपेट लेते हो तो दूसरी दुनियाएं तुमसे दूर बाहर ठिठकी रह जातीं हैं.

'थैंक्स बी. के. अब तुम जाकर सो जाओ.' समीक्षा ने नर्म आवाज़ में कहा.

'मैं जागता रहूँगा. तुम सो जाओ प्लीज़.'

वह उठ कर अपनी सीट पर चला गया.

कितने शब्द उसके गले तक आए जो वह उससे कहना चाहती थी पर उसने उनका गला घोंट दिया. अपनी चादर खींच कर लाईट बंद करते वक्त बी. के. नहीं देख पाया, आंसू समीक्षा के कनपटियों तक बह आए थे. फिर वह करवट बदल कर सो गयी. रात भर यह अहसास कि सिरहाने कोई बैठा है ... एक स्वप्नहीन नींद ...

'उठिए मैडम. सुबह हो गई. चाय दो बार ठंडी हो गई.'

सुबह बी. के. की आवाज़ से उसकी नींद खुली. उसने करवट बदलते हुए उसी की ओर देखते हुए आँखें खोलीं.

'गुड मॉर्निंग बी. के ... सोये नहीं?'

'आपने पहरे पर जो बिठा रखा था.'

उसकी नज़र ऊपर वाली बर्थ पर चली गई. वे कहीं उतर गए थे.

'थैंक्स बी. के., ट्रेन राइट टाइम चल रही है?' उसने अपने बाल समेटते हुए कहा.

'हां, साढ़े नौ बजे निजामुद्दीन.'

'पर आपको तो आगरा उतरना था,' याद आते ही वह चौंक पड़ी.

'जी हाँ.' वह हँस पड़ा.

'बस आपके साथ इतनी दूर चला आया. अब वापस जाना पड़ेगा.'

वह अवाक् सी कुछ देर उसका चेहरा देखती रही फिर आँखे परे कर लीं. क्या कहा जा सकता है? कुछ नहीं.

'बी. के...' फिर भी उसने कुछ कहना चाहा.

'नीडलेस टु से एनीथिंग. आपको जाना कहाँ है?' उसने जल्दी में कहा.

कोई आता है और बाहर चल रही बदहवास हवाओं के लिए तुम्हारा दरवाज़ा खोल देता है.

'मयूर विहार.'

'स्टेशन से दूर है, मैं छोड़ दूँ?'

'आप छोड़ेंगे? फिर आप?'

'फिर जो बस मिलेगी पकड़कर आगरा चला जाऊँगा.'

उम्र के इस मोड़ तक आते–आते वह जान चुका है, जो जैसा है उसे वैसा ही रहने दो. जब भी तुम कुदरती प्रवाह को बाधित करने की कोशिश करते हो, वे अपनी सहजता खो देते हैं. पेड़ों के बीच पेड़ की तरह उगो, हवा में हवा की तरह बहो. अहसासों में अहसास की तरह रहो कि जब तक उस दूसरे को कुछ पता चले तुम एक अपनी जिंदगी जी चुके होगे.

ट्रेन धीरे–धीरे प्लेटफार्म पर रुकने लगी है. ट्रेन के रुकते ही बी. के. कूद कर उतरा. समीक्षा ने ऊपर से उसे सामान दिया और खुद भी उतर गयी. आगे का भार बी. के. के कन्धों पर था.

टैक्सी जब मयूर विहार के सामने रुकी, बी. के. ने उसका सामान उतारा और उसके सामने खड़ा हो गया.

'अब मुझे जाने की इज़ाज़त दें.'

उसने अति नाटकीयता से अपने हाथ जोड़े.

'अब तुम्हें भेजना मेरी भी मज़बूरी है, वरना ...'

उसने उसके बँधे हाथों पर एक चपत मारी. मुझे लगता था जैसी मैं हूँ, मुझे कोई मिल नहीं सकता पर दुनिया में बहुत किस्म के लोग हैं. जैसा हम सोचते हैं बिल्कुल वैसे. पर हमारा दुर्भाग्य हम उन्हें ढूँढ़ नहीं पाते या ढूँढने की इच्छा नहीं रखते..

57

'थैंक्स फॉर एव्रीथिंग बी. के., तुम मुझे हमेशा याद रहोगे.' उसकी आवाज़ भीग गयी.

'आप फ्राइडे को वापस जा रहीं हैं न राजधानी से, आज मंडे है.'

वह कई पल उसका चेहरा देखती रही.

'इसे पक्का मत समझना बी. के. मुझे तत्काल में टिकट मिल गई तो मैं पहले भी जा सकती हूँ. '

'ओ. के. मैंने आपको अपना नं. दे दिया है. चाहें तो फोन कर दीजिएगा. मेरा भी काम ख़त्म हो गया तो मैं आपके साथ ही निकल पड़ूंगा. '

उसने कुछ नहीं कहा. बस उसका चेहरा देखती रही.

'घबराइये नहीं, मैं आपको बिल्कुल तंग नहीं करूँगा.'

'तुम्हें पता है बी. के. के. का मतलब क्या होता है?' अचानक उसने शरारत से कहा.

'क्या?' वह असमंजस से भर उठा.

'बेवकूफ कहीं का!' वह ज़ोर से हँस पड़ी.

बी. के. के. ने उसे मारने के लिए हाथ उठाया. उसने उसका हाथ अपनी हथेली पर रोका और दोनों की हँसी मयूर विहार की छतों पर पसरे मौन को झिंझोड़ते अंतरिक्ष में फैलती चली गई.

कुत्ते मक्खियाँ और तितली

1-   'तुमने सुना ... मोहिनी भाग गई.'

मेरी पड़ोसिन ने मुझे सूचना क्या दी. गार्डन का हर झूमता पौधा मेरे सामने थिर हो गया. मैं हैरानी से उसका चेहरा देखती रह गई.

'क्या बात कर रही है. यह नहीं हो सकता.' बेसाख्ता मेरे मुँह से निकला.

'हो गया.' वह जोर से हंस पड़ी. 'अपनी किताबों की दुनिया से बाहर आ. कुछ दूसरों की भी खैर खबर रख. मैं तो पहले ही कहती थी ... आई थी शादी करके छोटे से गाँव से इतने बड़े शहर में तो था क्या उसके पास सिवाय गोरे रंग के? बात करना भी ठीक से आता नहीं था. कपड़े पहनने का शउर नहीं था. ऐसे कपड़े पहनती थी कि पूरी कालोनी हँसती थी. आँखे फाड़–फाड़ कर देखती थी सबको. दिन भर झाड़ू–पोछा–बर्तन ही करती रहती थी. यहाँ आकर देखो क्या से क्या बन गई. घर से ऐसे निकलती है मानो पार्लर से निकल रही हो. ऐसी औरतें क्या कभी घर से टिकतीं हैं?'

पृष्ठभूमि का सब कुछ गायब. सिर्फ उसका चेहरा. एक अजीब सी ख़ुशी और जीत से चमकता. मेरा कलेजा चिर गया उस मुस्कान से. मैं तड़फ उठी.

'तो कैसी औरतें घर में टिकतीं हैं? बेवकूफ़. जाहिल, गंवार, अनपढ़. वे घर में टिकतीं हैं तो कौन कद्र करता है उनकी? सारी उम्र वे जाहिल और गंवार ही तो कहलातीं हैं. तुमसे न ये सही जातीं हैं, न वो. तुम भी औरत हो यार. इस नाते ही सही.'

'हमारी बात और है, हमारे पति कमाते हैं. उसका पति क्या करता है, ये तो आज तक कोई नहीं जानता.'

और किस बात की उम्मीद की जा सकती थी उससे?

'हां, तो बेहतर कौन हुआ? वो या हम? जो खाते तो दूसरे का हैं, बजाते अपना है,' कहना था पर कहा - 'यही तो प्रॉब्लम है. उसकी जोड़ी देखी है तुमने. ये माँ–बाप भी न अपना बोझ कम करने के लिये लड़की को कहीं भी फेंक देते हैं.'

मैंने नपुंसक गुस्से से कहा.

'चलो रहने दो. इतना भी बुरा नहीं है. मना करता है क्या किसी से बात करने के लिये? कपड़े सिलती है. बाहर जाती है. एग्ज़िबिशन लगाती है. इतने लोगों से मिलती जुलती है. कौन है कहने वाला? नन्द है, वो भी मेंटली रिटारटेड. दिन भर उससे घर का काम करवाती है और खुद लगी रहती है मोबाईल पर.'

'अच्छा बताओ, बच्चे कहाँ हैं?'

मेरा ध्यान उस बकवास पर नहीं था. मैं बहुत साल एक छोटे से शहर और बहुत बड़ी फैमिली में गुज़ारने के बाद इस बड़े शहर की साफ़ सुथरी पर अजनबी हवा में अभी साल भर पहले ही आई थी. मैंने सुना था बड़े शहर में कोई किसी की जिंदगी में दखल नहीं देता. तुम अपने घर मर भी जाओ तो पडोसी को तभी पता चलेगा जब तुम्हारी बदबू उस तक पहुंचे. यह सुनकर मैं खुश थी. जब तुम्हारी जिंदगी ऐसी हो कि हर आता–जाता पीछे से दो लात लगाता जाए तो तुम गुमनाम मरना ज्यादा पसंद करने लगते हो. पर लोग क्या हर जगह एक से होते हैं? यह नई बसी कालोनी. हर शाम सोसाइटी के गार्डन में औरतों का जमावड़ा. अफवाहों के मच्छर ऐसा काटते कि खुजलाते-खुजलाते खून निकल आता. अब तक मैं जान गई थी कि कहीं तो कमाठीपुरा से ज्यादा कीमत घरवालियाँ लेतीं हैं और कहीं बिछी रहतीं हैं हरे–भरे खलिहान सीं, पूरे घर के जानवर मुँह मारते रहेंगे दिन भर. उफ़ नहीं करेंगी.

किसी से इन्वाल्व न होने की बात सोचते रहो आप कितना भी. कब किसी का दरवाज़ा खुला रह जाए और दूसरा हवा के झोंके सा घुसता ही चला आए, किस कमबख्त को इसके होने का पता चलता है?

वो आई थी एक बार मुझसे मेरी सिलाई मशीन मांगने. कहा नहीं था कुछ पर अनकहा कुछ रह भी तो नहीं गया था.

'यहीं हैं. और कहाँ?'

प्रकाण्ड पंडित है यह. कालोनी की जासूसी का सालाना अवार्ड इसे ही मिलता है. हम ठहरे तुच्छ, नाकारा, डरपोक प्राणी. गार्डन में आने से पहले घर की खिड़की से झाँक लेते कि कचहरी अभी तक चालू है या उठ गई? जब गार्डन खाली हो जाता तभी हमारा पदार्पण होता, रात नौ बजे के बाद. जब उन सबका टी. वी. देखने का प्राइम टाइम होता. पर आज तो इसने मेरे भीतर का सब-कुछ अस्त व्यस्त कर डाला.

'एक बार भी नहीं सोचा उनके लिये कि क्या होगा? कौन देखेगा उनको? औरतों को काम करने की आज़ादी क्या मिल जाती है बेशर्म हो जातीं हैं. इसके लक्षण तो मुझे शुरू से ही अच्छे नहीं लगे थे.' वह कहती चली गई.

'अगर कमाना है, घर चलाना है तो बाहर निकलना पड़ेगा ही. घर बैठने से कैसे होगा?' मैंने कहा.

लोग पुरानी बातों और नई ज़रूरतों को एक ही चश्मे से देखते हैं. कोई ये नहीं पूछता उसने ऐसा क्यों किया? किसी ने यह नहीं पूछा होगा, तुम कैसे कर लेती हो इतना सब? कैसे तुम बारह साल से इतना सब झेल रही हो और क्यों? वह सफल हो जाती है तो श्रेय दूसरे ले जाते हैं, हार जाती है तो अपना पुराना घड़ा भी उसी के सिर पर फोड़ते हैं.

'एक बार घर से निकली औरत घर वापस आती है क्या? इसकी तो बहिन भी ऐसी ही है. तलाक लेकर बैठी है मायके में. इधर आएगी तो महीनों रह जाएगी.'

'उसकी बहिन है यार. काम में हाथ बँटाती होगी. मोहिनी उसके लिये लड़का भी तो ढूंढ रही थी.'

'अब एक से नहीं पटी तो दूसरे से पटेगी, इसकी कौन सी गारंटी है. लड़का क्या आसानी से मिलेगा? पहले को कहा, मेरे साथ रहो या माँ के साथ. उसने भी कह दिया- माँ के साथ रहूँगा.'

61

'बस करो यार. उसकी परिस्थितियां हम कैसे जान सकते हैं? इतनी जजमेंटल मत बनो.'

'तुम उसकी इतनी तरफदारी क्यों कर रही हो?'

'तरफदारी नहीं कर रही. सिर्फ यह सोचो कि वह किन परिस्थितियों में घर से निकली होगी? आसान होता है क्या बच्चों को छोड़ना? औरत तो भाग भी जाये, माँ कैसे भागेगी?'

'अब उसने तो करके दिखा दिया. तुम्हें हैरानी हुई जा रही है.' उसने अजीब सा चेहरा बनाया.

मैंने उससे वहीं विदा लेना बेहतर समझा. यह 'इवनिंग न्यूज़ पेपर' मीडिया न्यूज़ चैनलों की तरह एक ही बात की खाल नोचे जा रही है.

आने वाले गर्म-तपते-धूपीले दिनों में जब चिड़ियाएँ पेड़ों के अपने घोंसले छोड़ ठण्डे घरों में पंखों की कटोरियों और लैंप के कटोरों में शरण ले रहीं थीं, पसीना चेहरे से होता हुआ जिस्म और रूह को भी खारा बना रहा था. दोपहर के जानलेवा सन्नाटे में मलिन चेहरा लिए दो बच्चे आठ और दस साल के कॉलोनी में आवारा घूमते दिखाई देते. जिस सीढ़ी पर वे खड़े थे, उससे ऊपर और नीचे जाने वाली सीढियाँ अँधेरे में डूबीं थीं.

सुबह जब आठ बजे स्कूल बस आती, बाकी बच्चे अपनी माओं के साथ आते ... बैग, लंच बॉक्स और बोतल से लैस हो, अपनी माओं को गलबाहियाँ करने के बाद वे बस में सवार हो जाते. वे दो बच्चे दूर गार्डन में टूटे हुए झूले और पानी के अभाव में सूख चुकी घास पर खड़े उधर देखते रहते. पुराने दोस्तों को मुस्कराकर हाथ हिलाते. बस निकल जाती फिर भी वे देर तक उस दिशा की ओर तकते रहते. बच्चों के संसार छोटी–छोटी बातों से भर जाते हैं पर बड़ी–बड़ी बातों से भी खाली नहीं होते. उनकी मुस्कान की चिड़िया उस तेज धूप में भी उनके सूखे होठों पर देर तक बैठी रहती थी.प्यासी ... अधखुली चोंच लिए.

नया सत्र शुरू हो चुका था. पुराने सत्र की परीक्षाओं में भी वे नहीं बैठे थे. मोहल्ले का तापमान अफवाहों से कभी गर्म, कभी ठंडा.

सुना मोहिनी का पति घर से बाहर नहीं निकलता, पीकर वहीं पड़ा रहता है.

फिर देखा ... उसने मौसमी फ्रूट का एक ठेला कॉलोनी से दूर एक छोटी सी सब्जी मंडी में लगाना शुरू कर दिया है. आते–जाते कभी–कभी दोनों लड़के भी बाप के ठेले पर दिख जाते. पसीने और बदहवास मिट्टी से लिथड़े ... बेसलीका ... बेतरतीब. उनके पास कुछ भी साबित नहीं था. जो था, टूटा–फूटा और मैला.

फिर छुट्टी के किसी दिन कालोनी की एक सेकेण्ड ग्रेड जासूस ने दस साल के बड़े बच्चे को कालोनी की एक बच्ची के साथ आपत्तिजनक हालत में देख लिया. फिर तो माओं की बड़ी सभाएं हुई. कई किस्म की कचहरियाँ. लानत–मलामत. फिर माओं द्वारा बरजे गये बच्चे अपने संसार में मस्त हो गये. उनके धूल–मिटटी से लिथड़े संसार में उन्हें तन्हा, मायूस, अपमानित और उपेक्षित छोड़कर.

2. - मोहिनी बजाज अपने पलंग पर लेटी हलके अँधेरे, घने अँधेरे और गाढे अँधेरे का भेद पहचानने की कोशिश कर रही थी. उसके दोनों बेटे उसके साथ ही पलंग पर सोये थे, जिन्हें पिछले पन्द्रह दिनों से वह लगभग रोज़ खुद ही नहलाने की कोशिश करती थी पर साबुन की बट्टी आधी घिस जाने के बावज़ूद उसे लगता है, उनका जिस्म अभी तक उतना ही मैला है और मन की दीवारों की तो इतनी परतें उखड़ चुकी हैं कि नरोलक पेंट के कई कोट लगाने से पहले उन्हें पुट्टी की भी दरकार है. अपने हाथों और मन को इस पुट्टी के लिये वह निरन्तर तैयार कर रही है.

हवा में खुल गई उसकी खिड़की से सामने कालोनी के घरों की कतारें नज़र आ रहीं हैं. अफवाहों की तेजाबी बारिश से उपजे मच्छर दिन–रात उसे काटते रहते हैं.

लोग कितने क्रूर होते हैं, ये कोई उससे पूछे ... एक बने–बनाए ढर्रे से बाहर निकलना उन्हें सख्त नापसंद है और जो निकल जाता है तो उस

तरफ से आने वाली एक घटना, भूल या शब्द पर वे भूखे कुत्तों की तरह टूट पड़ते हैं और उसे चींथ कर ही दम लेते हैं.

दिख रहा सबसे काला हिस्सा उसका अतीत है, जहाँ मात्र सत्रह साल की उम्र में उसकी शादी एक ऐसे आदमी से कर दी जाती है, जिसे शादी की रात जब उसने पहली बार देखा तो वह अँधेरे का ही एक बड़ा धब्बा नज़र आया.

उसी अँधेरे में उसने बिस्तर पर लेटते ही आँखें मूँद ली और कौन सा अँधेरा ज्यादा गहरा है ... भीतर या बाहर ... इस निर्णय पर पहुँचने से पहले ही उसकी चीख निकल गई. एक ऐसी चीख जिसका वास्ता न उसके अतीत से था, न वर्तमान से. यह चीख दम घुटने से खुद को बचाने की एक लाचार कोशिश का परिणाम थी.

शादी में आए मेहमानों के चले जाने के बाद उसे पता चला, घर में ज़रुरत भर का सामान मुश्किल से है और एक मेंटली रिटारटेड उसकी बहिन, जिसने बहुत कोशिश करके अस्पष्ट ध्वनि से जब उसे 'भाभी' कहा तो उसे उस पर बहुत लाड़ आया. कोई वजह नहीं थी फिर भी उसे लगा कि दोनों की तकलीफ़ बिलकुल एक जैसी है. तुम किसी को अपनी बात नहीं समझा सकते ... न शब्दों में, न शब्दों से बाहर जाकर.

कितनी अजीब बात है, एक मनुष्य जिसे तुम जानते नहीं, जानना चाहते नहीं, वह एक दिन अचानक आकर न सिर्फ तुम्हारे जिस्म बल्कि समूचे वज़ूद, विचारों और विचारणीय तत्वों को भी अपनी गिरफ्त में ले लेना चाहता है.

सुबह उठकर झाड़ू–पोंछा–बर्तन–कपडा–खाना बनाने की प्रक्रिया जो शुरू होती तो रात ग्यारह बजे ही दम ले पाती वह. ग्यारह के बाद अपना जिस्म और मन दूसरे से तुड़वाते–तुड़वाते उसके इतने टुकड़े हो जाते कि सुबह आईने में अपना चेहरा देखती, सोचती कि वह अभी तक जिंदा कैसे है? जो भीतर मर रहा है लगातार, ज़ख़्मी और ज़ख़्मी होता, उसका गला एकबारगी घोंट क्यों नहीं देती?

घर के विशाल काले बर्तन को अपनी देह के स्क्रब से घिस–घिस कर चमकाते न जाने क्यों और कब उसने अपने कुछ तंतुओं को अपनी मुट्ठी में जकड़ लिया. क्या इस जिंदगी को बचाने के लिये एक आखिरी कोशिश की जा सकती है? और उसके लिए सबसे ज़रूरी चीज़ है, पैसा. अगर पैसा हो तो घर चलाने के कई वसीले हो सकते हैं और इसके लिये भी उसे खुद आगे आना होगा.

वह क्या करता है, पता नहीं. कहाँ जाता है, पता नहीं. रात घर में घुसता तो दारू के साथ कभी कुछ सब्जियां या आटा–दाल होता तो होता, न होता तो न होता. घर का कोल्हू पेरने के लिए वह आ जो गई थी. उसके किसी काम में शामिल न होने की आदत उससे हर काम करवाती गई और जैसे–जैसे काम होते गए, दूसरी तरफ निश्चिंतता बढ़ती गई. फिर तो नई नौकरी के जुगाड़ की चिंता भी उस सिरहाने से सरक कर इस सिरहाने चली आई. उसे मशीन चलाने की मिकदार हमेशा बढ़ानी पड़ती थी. जो माँ ने अपनी परंपरागत मज़बूरी के दिनों में सीखी और बेटियों को भी सिखाई कि जब दूसरे भरोसों की रौशनी ख़त्म हो जाए दिये में से तो पसीना अपना ही जलाना. कमज़ोर सही, पर रौशनी सतत रहती है.पर उससे भी घर चलाना मुश्किल काम था. कभी–कभी वह हैरानी से सोचती थी जो घर उसके हाड़ पर खड़ा था, हाड़ हिलते तो घर हिलता, हाड़ रुकते तो घर रुकता, वह वास्तव में है किसका?

यह बाद में जाना कि घर दरअसल एक तालाब का सड़ता हुआ पानी है, जिसमें मेंढक की तरह बने रहना, कूदना और मरना औरत की नियति है और यह तालाब उसी का है जो इसमें रहकर इसे स्वीकार कर ले और अपनी यह नियति जीने से वह इनकार करती है.

नहीं, आसान नहीं था कुछ भी. सबसे पहले खुद को एक लम्बी छलांग के लिये तैयार करना था. अपने डर पर काबू पाना था. खुद को यकीन दिलाना था. काबिल बनाना था इतना कि सिर उठा कर खड़ा हुआ जा सके. सिर्फ़ इतना ही नहीं उनका विरोध सहना था जिनका इस सबसे वास्ता था और उनका भी जिनका इस सबसे कोई वास्ता नहीं था. एक औरत से तुम इतना ले लेते हो कि उसके पास अपने लिए भी कुछ नहीं

बचता. तुम उसे मार भी देते हो और सोचते हो वह जिंदा रहकर तुम्हारी सारी ज़रूरतें भी पूरी करती रहे पर जब देने की बारी आती है, तुम सिकुड़ जाते हो, तंग हो जाते हो. तुम्हारी सांस भी राह बदलकर तुम्हारे पास लौट आती है. तुम उसे वापस खींच लेते हो.

उसने अपना काम फैलाना शुरू किया. एक दोस्त की मदद से एग्जिबिशन लगाई कपड़ों की ... रंग-बिरंगे,सस्ते-महंगे, खूब सारे कपड़े. पर्स डुलाती बड़े घर की औरतें आतीं ... भारी-भरकम दाम चुकाकर मनपसंद चीज़ ले जातीं. वह आज भी उन्हें हैरानी से देखती है, सिर्फ़ पैसा कुछ औरतों के मैले मुँहों और चरित्र पर सफेदी का एक ऐसा कोट चढ़ा देता कि सत्य भी कमबख्त शरमा जाए. खरीद सकने की सामर्थ्य और दर्प उनके चेहरे से टपकता इस तरह फैलने लगता कि अपने पैर लाख बचाने के बावज़ूद वह उस पर फिसल ही जाती.

घर की यह बैलगाड़ी बारह साल से तो वह खींच ही रही है. अब तक वह जान गयी थी, एक औरत में पुरुष वही देखता है जो देखना चाहता है. अगर सब उसे जिस्म समझते हैं, तो यही सही. बाकी की ज़रूरत तो खुद उसे भी नहीं है. इस बैलगाड़ी में दो लोग और आ बैठे. उसे कभी यह समझ में नहीं आया कि एक नफ़रत भरे कृत्य का परिणाम इतना आल्हादकारी क्यों है? खर्च बढ़ते गए. एग्जिबिशन बढ़ाने पड़े. घर से बाहर लगातार जाना पड़ता. बच्चे छोटे थे तो बार-बार माँ आ जाती, घर संभाल देती, पर कब तक? धीरे-धीरे उसने घर में उचित नौकरों का प्रबध किया. बच्चों को अच्छे स्कूल में डाला तो खर्च और बढ़ गए. घर से बाहर रहने की सफाई देना उसे नागवार गुज़रने लगा. पीने की खुराक के साथ लडाइयों की खुराक इतनी बढ़ी कि एक एग्जिबिशन में सात दिन रहने के बाद वापसी में वह अपनी माँ के पास चली गई. इतनी ज़ख़्मी थी वह कि ज़ख्म नासूर बन गये थे. अगर तुम मेरे बिना चला सकते हो तो चला लो और बस काफ़ी कुछ चला भी गया. फिर तो आते-आते इतनी रात हो गई कि महज़ आठ महीने में उसे अपने बच्चों के चेहरे पहचानने में मुश्किल हो रही है.

उसकी मृत्यु को पंद्रह दिन हो गए. वह तब आई थी जब वह अत्यंत ख़राब हालत में हॉस्पीटल में ज़िन्दगी की आस खो चुके इंसान की तरह सिर से पैर तक पीला बेसुध पड़ा था. उसने किसी से कुछ नहीं कहा था. जो वह कहना चाहती थी, किसी के समझने का प्रश्न ही नहीं था. बल्कि वह तो दोषी थी उस सबकी जो उसने नहीं किया था. लोगों के पास अपनी समझ पर यकीन करने के बहुत से कारण पहले ही मौज़ूद थे. उसे तो हॉस्पीटल वालों ने फोन किया था.

'आपके पति सीरियस हैं. बहुत वक्त से उन्हें पीलिया हो गया था. किसी ने ध्यान नहीं दिया. उन्हें देखना चाहती हैं तो तुरंत आइए.'

आकर भी वह एक पुरुष की तरह चीखी–चिल्लाई नहीं ... शोर नहीं मचाया, बल्कि औरत की तरह तुरंत व्यवस्थाओं में लग गई. सिंध में फोन करके उसने 'उसके' भाइयों को सूचना दे दी. अंतिम वक्त लग रहा है, आ जाओ. वे तीसरे दिन आ गये थे, पर वह तो दूसरे दिन ही नहीं रहा था. लाश एक दिन मोर्चुरी में रखनी पड़ी थी.

जो भीड़ जुटी थी उसकी मृत्यु पर वह गये हुए की खातिर कम, आई हुई की खातिर अधिक थी.

'आठ महीने के बाद आई है. कितनी बदल गई है.बाल देखो स्ट्रेट करवा लिए हैं.'

'चेहरा कितना चमक रहा है? हर हफ्ते फेशियल करवाती होगी.'

'जो गई थी, ये वो तो है ही नहीं. मुंबई की मॉडल सरीखी लग रही है.'

'हॉस्पीटल में भी देखा था ... ये बड़े–बड़े गॉगल्स ... जींस और टॉप में घूम रही थी. लगता ही नहीं दो बच्चों की माँ है.'

'अरे ... मैंने तो उसे डॉक्टर से अंग्रेजी में बात करते सुना था. मैं तो चकरा गई थी, ये वही सिन्धिनिया है जिसे हिंदी बोलना भी नहीं आता था.'

'इसके पति की ही गल्ती थी. इतनी आज़ादी दे दी कि घर ही इसको कैद लगने लगा. उसी की सजा उसने भुगती. जब उसको सबसे ज्यादा ज़रूरत थी इसकी, यह नहीं आई.'

'सीधा था बेचारा ... जो कहती थी, करता था. पीता भी था, तो घर में पड़ा रहता था. कितने लोग मिलने आते थे उसकी बीबी से. कारों के हार्न बजते थे दरवाज़े पर. किसी से कुछ नहीं कहता था.'

'स्वतंत्रता चाहती थी. अब तो स्वतंत्र हो गई.'

'घर बेचकर चली जाएगी कहीं, अब नहीं रह सकती यहाँ. हो सकता है घर ही बेचने आई हो, ख़रीदा भी तो इसी ने था.'

'किसी अजनबी जगह जाकर रहेगी. यहाँ तो लोग देखेंगे. बाहर तो चाहे जिसके साथ रहे.'

मक्खियों सी बार–बार वहीं आ बैठने वाली ज़िद्दी अफवाहों को फिनायल से भगाया गया तो पूरे घर में फिनायल की गंध फ़ैल गई और मक्खियाँ तो मक्खियाँ थीं ... अन्दर नहीं बैठ पाईं तो पूरी कालोनी में जहाँ–तहां उड़तीं रहीं.

सफ़ेद सलवार–कमीज़ पहने कुछ परदेसी प्रतीत होते चेहरे बार–बार उस घर में आते–जाते रहे. उसकी मृत्यु के तेरह दिन बाद दो ऑटो आये और मय सामान उन परदेशियों को स्टेशन की तरफ़ ले गये. मक्खियाँ सबके कानों में कह गईं, वे मरहूम के पाकिस्तान–सिंध से आए चार भाई थे जो अपने साथ काफ़ी कपडे और ड्राय फ्रूट वगैरह लाए थे और बारहवें तक होने वाला खर्च भी उन्होंने किया था.

उन्होंने मोहिनी बजाज को अपने साथ सिंध ले जाने की बहुत कोशिश की. समझाया कि वहां खाने–कपड़े की कोई कमी नहीं होने देंगे पर उसने साफ़ इन्कार कर दिया. खाने–कपड़े की कमी यहाँ भी नहीं है. बैठा कर ही खिलाया है सबको आज तक. मुझे अपनी स्वतंत्रता प्यारी है. थैंक यू वैरी मच. प्लीज़ कीप इन टच.

'लिखवा लो.एक महीने से ज्यादा नहीं रहेगी यहाँ. उस दिन कुछ अजनबी लोगों को अपना घर दिखा रही थी.'

उसके चारों तरफ मक्खियों की दीवार थी. कुछ कुत्ते भी उधर चक्कर काटने लगे थे, जिनकी देखी–अनदेखी की जा रही थी. वे बस दूर से ताकते और सूँघते रहते. कभी–कभी अपनी भद्दी सी पूँछ भी हिला देते.

कुछ को इतनी खुजली थी कि वे हर वक्त खुजलाते ही दिखते. ऐसे कुत्ते दूर से ही पहचान में आ जाते थे.

3. और एक दिन मार्निंग वाक से लौटते हुये मैंने एक खूबसूरत नज़ारा देखा ...

मोहिनी बजाज स्कूल जाने को तैयार अपने दोनों बेटों के साथ कॉलोनी के गेट पर खड़ी स्कूल बस के आने का इंतज़ार करती किसी से मोबाईल पर बातें कर रही थी. स्कूल बस आई. उसके दोनों बेटों ने उसके दोनों गालों पर 'किस' किया और दौड़कर बस में चढ़ गये. मोबाईल होल्ड करवा वह देर तक हाथ हिलाती रही. सफ़ेद टी शर्ट के साथ उसने शार्ट्स और सफ़ेद शू पहन रखे थे. उन्हें भेज कर वह मेरी तरफ 'मॉर्निंग' मुस्कान उछालती वॉक पर निकल गई.

उस दिन मैं अपनी पड़ोसिन को यह कहने को ढूंढती फिरी कि पुरुष नहीं सँभाल सकता सब कुछ पर औरत सँभाल लेती है. जिस जिस्म को सारा जहाँ मानता है कमज़ोरी, उसी को अपनी ताकत बना लेती है. पर वह तो अपना काम ज़ारी रखने कहीं और सेंधमारी कर रही थी.

बर्फ़ के फूल

'ये रही हमारे घर की तस्वीर.'

उसने उसके सामने टेबल पर एक सुन्दर सा पिक्चर पोस्टकार्ड एक ख़ास अंदाज़ में रखते हुये कहा.

'कैसा है? छोटा है, बट नॉट बैड. रहेंगे तो हम दो ही. देखो ज़रा, ऐसा ही चाहा था न तुमने.'

वह स्वयं ही फ़ोटो को विभिन्न एंगल से देख रहा था. उसने नहीं देखा, वह किस तरह हैरत से कभी उसे, कभी पिक्चर पोस्टकार्ड को देख रही है. अनबिलीवेबल ड्रीम है यह तो. एक ख़्वाब, जो उन्होंने साथ देखा था, जिसे लिए-लिए वे इतनी दूर चले आए थे, जीवन के तमाम संघर्षों के बीच जिसकी छवि धूमिल नहीं पड़ने दी थी उन्होंने अपने भीतर. आस्थाएँ भी आकार ले लेती हैं कभी-कभी. यह पढ़ा था सिर्फ़, देखा तो कभी नहीं.

'क्या हुआ? पसंद नहीं आया?' उसने उसे धीरे से हिलाया.

उसने मानो चौककर उसके हाथ से तस्वीर ले ली.

'देखो. ये न ख़्वाब है, न मज़ाक.' उसने उसका चेहरा ध्यान से देखा.

'हां भई. न ख़्वाब है, न मज़ाक.'

उसने उसके दोनों हाथों को अपने गर्म हाथों में पकड़ते हुए कहा.

'पर तुम इतने सकते में क्यों बैठी हो? मैंने खुद अपने कैमरे से यह तस्वीर ली है तुम्हें दिखाने के लिए. मैं तुमसे कहता था न वह घर बन रहा है अभी. तो वह बन ही रहा था मेरे भीतर. तीन साल पहले मैं मसूरी गया था किसी काम के सिलसिले में. यह छोटा सा फ्लैटनुमा घर कोई बाहर की पार्टी बनवा रही थी. हो सकता है उनका इरादा हो गर्मियों में वहां

आकर रहने का. अभी फर्नीचर बन ही रहा था कि देहरादून में रह रहे उसके मालिक की मृत्यु हो गई. उसके बेटे को अब यह घर नहीं चाहिये. किसी दलाल के जरिए मुझे पता लगा था. मैंने तुरंत बात करके पहली क़िस्त दे दी. मैंने तुम्हें फ़ोन पर जानबूझकर नहीं बताया. सोचा, साल दो साल बाद जब मिलेंगे, तुम्हें सरप्राइज दूंगा. कैसा रहा मेरा सरप्राइज?'

वह सारी बातें कह गया, पर वह 'अभी बन रहा है', पर ही अटकी रह गयी. बनते ही रहते हैं असंभव सपने भीतर सालों-साल. किसी को जल्दी नहीं होती. हम एक-एक ईंट रखते हैं. फिर कभी ईंटें ख़त्म हो जाती हैं. कभी सीमेंट. कभी रेत. कभी बनी-बनाई दीवार गिर जाती है या उसके प्लास्टर उखड़ जाते हैं. हम सारी उम्र फिर-फिर बनाते हैं खुद को झुठलाते हुए. यह तो एक मुकम्मल तस्वीर है. उसने अपनी उँगलियों से छुआ तो एक अजीब सी सिहरन महसूस हुई. पहली बार हाथ पकड़ा था जब शाश्वत ने, ऐसी तेज सनसनी हुई जिस्म में कि उसे कुछ भी सुनाई देना बंद हो गया था. पर आज ऐसा नहीं हुआ था. आज उसे लगा, भूल से उसने किसी अजनबी का हाथ पकड़ लिया है. शाश्वत अभी भी उसके जवाब के इंतज़ार में है.

'जानलेवा.' उसने भी मुस्कराने की कोशिश की.

'क्या बात है? तुम खुश नहीं हुई?'

'मुझे अभी भी यकीन नहीं आ रहा. मेरे जीवन में कोई असंभव सपना आज तक सच नहीं हुआ.'

'असंभव सपना तो एक ही बार सच होता है जीवन में. थोड़ी देर बाद यकीन भी होने लगेगा.'

'ऐसा क्यों होता है शाश्वत, जब हम बड़े हो जाते हैं, छोटे-छोटे सुखों पर यकीन करना भूल जाते हैं.'

'हां ... पता नहीं.' उसने लापरवाही से अपना सिर झटका - 'वैसे लगता है, बड़ा सिर्फ़ मैं हुआ हूँ. तुम तो अभी भी वैसी ही हो, छोटी बच्ची सी.'

वह हंसने लगी. घायल हंसी. दौड़ते-दौड़ते एक गुलाबी फ्राक कंटीली झाड़ियों में फंस जाती है, फंसी रह जाती है. कितने तूफ़ान, कितनी

71

बारिशें, कितने मौसम गुज़र जाते हैं उस पर से. गुलाबी रंग घुल-घुल कर सफ़ेद हो जाता है.

'तुम्हें पता है सितम्बर में मैं नानी बन गई हूँ.'

'अच्छा!' वह हंस पड़ा ... 'कैसी है वह?'

'अच्छी है.'

'बड़ी प्यारी है तुम्हारी बच्ची.'

'अपनी मां पर गयी है.' उसने भी इठला कर कहा.

'तुम्हें अजीब लग रहा होगा न इस नई भूमिका में. उलझन सी महसूस हो रही होगी.'

'मुझे लगता ही नहीं, यह मेरा जीवन है. यह मेरा बेटा है कि यह मेरी बेटी है. हां हैं, पर मैं तो वहीं खड़ी अभी भी अपना रास्ता ढूँढ रही हूँ. यह जो इतनी दूर निकल आई है, यह कौन है?'

वह अरसे बाद उसे इतनी भावुक देख रहा है, नहीं तो उससे बिछड़ते वक्त भी वह रोती नहीं. वह कई बार रोया है अलबत्ता. उसने हमेशा कहा है, भीतर और बाहर की दुनिया को मिलाएँगे तो दिक्कत में पड़ेंगे. इन्हें अलग-अलग ही रखना-जीना होगा. वह चुपचाप उसे देख रहा है.

'मैंने सबकी इच्छाओं का ख्याल रखा, पति से लेकर बच्चों तक कि इन्हें क्या चाहिए. किसी ने मुझसे नहीं पूछा तुम्हें क्या चाहिए? बहुत बरस तो मैं खुद से ही पूछते डरती रही, फिर तुम मिल गए. यकीन करो, फ़िर दुबारा मैंने नहीं पूछा खुद से. आपकी इच्छाएं पूरी हों, तो भी आपको डर लगने लगता है.'

'फिर डरते-डरते ही जीने की एक नई शुरुआत हुई. इन पच्चीस सालों में हम बीस बार भी नहीं मिले. एक महीना तक नहीं. तुम्हें हैरत हो रही होगी यह सोचकर कि हमने चलने के लिये कुछ ज्यादा ही लम्बा रास्ता चुन लिया.' वह कहते-कहते हँस पड़ा ... 'क्या-क्या सोचता था, तुम्हारे साथ ऐसे रहूँगा, वैसे जियूँगा. उन-उन जगहों पर जायेंगे, जहाँ-जहाँ तुम्हारे साथ जाना चाहता हूँ. ओ गॉड! वैसे तो मैंने कभी यकीन नहीं

किया ईश्वर पर, पर जब-जब तुम्हारी शक्ल आँखों के सामने आती, मैं उससे तुम्हें मांगने लगता. और देखो, तुम मुझे मिल गयीं. सच ही कहते हैं, दिल से कुछ मांगो तो अननोन शक्तियां तुम्हारी मदद करती हैं. पहले मैं यकीन नहीं करता था, पर अब सब पर यकीन करने को जी करता है.'

'हां.' वह भी हंस पड़ी ... 'बूढ़े हरेक बात पर यकीन करने लगते हैं.'

'ए ... ख़बरदार जो खुद को बूढ़ा कहा.'

'खुद को नहीं जनाब, मैं आपको कह रही हूँ.' उसने भी शोखी से कहा.

'मुझमें तुम नहीं हो क्या?' उसने उसका हाथ पकड़कर अपनी ओर खींचा ... 'तुम्हीं तो हो.'

'अच्छा बताओ. हमने कहाँ-कहाँ जाने का सोचा था?'

वह ख़ामोश उसकी बगल में लेटी है. वह उसके बालों में अपनी उँगलियाँ फिरा रहा है. आग निकला करती थी कभी, देह सुलग जाया करती थी, अब गहरी शाँति से आँखें झपक जाना चाहती हैं. देह मन की तरह हमेशा भूखी नहीं रहती.

'मैक्लाड गंज, सिक्किम और तिब्बत. तुम्हें पहाड़ों की बारिश अच्छी लगती है न. अब ये सब तुम्हारे आसपास होगा, तुम्हारी मुट्ठी में ... पच्चीस साल.' वह बोलता जा रहा है. 'कभी इस पर सोचा है तुमने, हमें जो करना होता है, इन पच्चीस सालों में ही करना होता है. नौकरी, शादी, बच्चे, उन्हें बड़ा करना, घर बनाना, पचासों झंझटें. अपने लिये सोचने का वक्त ही नहीं मिलता. एक बंधी-बंधाई व्यवस्था के खूँटे में बाँध दिए जाते हैं आप. बस फिर गोल-गोल घूमना शुरू. एक वक्त जिन मूल्यों की हम आलोचना करते थे, बाद में उन्हीं मूल्यों की कसौटी पर कसने लगते हैं खुद को.'

'चलो. एक बार फिर शुरू करें.' उसने अपनी उदासी को पीछे धकेलते हुए कहा.

'हां. पहली मुलाकात से. कितनी सुन्दर थीं तुम ... अद्‌भुत. मैं तो बस पागल ही हो गया था. उस समय जी में आया था, क्या यह हाथ सिर्फ़ एक बार पकड़ा जा सकता है?'

'थी?' उसने उसे छेड़ा. अपने हाथों से उसका चेहरा घेरते हुए.

'मेरा मतलब ... अब भी हो.'

'छोड़ो ... अब झूठ बोलने की तुम्हारी उम्र नहीं रही.'

'अच्छा ... बीच-बीच में ये साली उम्र कहाँ से आ जाती है? पहले तो ऐसा नहीं होता था.' उसने शिकायत भरे स्वर में कहा.

'यही मैं सोच रही हूँ शाश्वत. ऐसा मुझे भी पहली बार महसूस हुआ है. ये क्या ऐसा फैक्टर है जिसे भुलाया नहीं जा सकता.' वह भी उतनी ही हैरान है.

'तुम्हारे आस पास जो है, तुम्हें इसकी याद दिलाता होगा, तभी.'

'जो आस पास होता है, वही हमें हमारी याद दिलाता है शाश्वत. तुम्हारा बेटा भी बड़ा हो गया है, पच्चीस बरस का तो होगा.'

'हां. साला अपने बाप पर गया है. एक लड़की को चाहता है. ले आया मिलवाने. उसकी आँखें देखते ही मैं समझ गया. हम दोनों ने तुरंत 'हां' कर दी. कितनी अजीब बात है न सहर, पुरुष सारा जहाँ जीत ले, उसे वह ख़ुशी नहीं मिलती जो एक स्त्री को जीत कर मिलती है. आख़िर जहाँ भी लेकर वह करे क्या? स्त्री उसका ह्रदय भरती है, उसकी आत्मा. वह सब-कुछ लाकर उसे दे देना चाहता है. तुमने किसी ऐसे पुरुष की जीवनी पढ़ी है, जिसके जीवन में स्त्री न हो. उजाड़ रेगिस्तान होता है उसका जीवन.'

बाहर की बात करते-करते वह अनायास अपने भीतर झाँकने लगा है. उसने बाधा नहीं दी. उसके कंधे के पास मुँह छिपाए सुन रही है उसे. उसके ह्रदय की आवाज़. उसके रक्त की धप- धप.

'वैसे भी वह मेरे ज्यादा नज़दीक है. अपनी हर प्राब्लम मुझसे शेयर करता है. रात को जब तक मैं आ नहीं जाता, जागता रहता है. मुझे यह

सोचकर अच्छा लगता है कि कोई मेरी प्रतीक्षा कर रहा है. मुझे उसका ख्याल आता है और मैं जल्दी लौट आता हूँ.'

'उससे क्या कहोगे शाश्वत कि हम दोनों बाप-बेटे एक साथ नया जीवन शुरू करने जा रहे हैं. वह नहीं पूछेगा कोई सवाल?'

'तुम औरतें बड़ी प्रेक्टिकल होती हो. ख्वाबों से हकीक़त में आने में तुम्हें एक मिनट नहीं लगता.' उसने उसे अपने में भींचकर कहा.

वे दोनों सहसा चुप हो गये. क्या यह एक ऐसा प्रश्न था जिस पर विचार नहीं किया गया था या अगर किया गया था तो अकेले फिर उसे असुरक्षित भविष्य के गर्भ में फेंक दिया गया था.

'हम उसी व्यवस्था को अपने लिए फिर से चुन रहे हैं, जिससे भाग कर हम यहाँ आए थे. अगर वह सही नहीं है शाश्वत तो यह सही क्यों कर होगी? कोई और विकल्प नहीं हो सकता?'

'कौन सा विकल्प यार? एक तो हमने वैसे ही बहुत देर कर दी. कितना कुछ बीत गया है. विकल्प की तलाश में तो बची-खुची उम्र भी खत्म हो जायेगी. अब कुछ नहीं. फ़ैसला हो चुका. हमारा एक घर होगा. मैं भी रिटायर होने वाला हूँ. हम एक साथ रहेंगे बस.'

'थोड़ी सी तकलीफ़ और कर लेते हैं शाश्वत. सबको बुलाकर बाक़ायदा घोषणा भी कर देते हैं. घरवाले भी जिल्लत से बच जाएँगे.'

'घरवाले? तुम अभी भी घरवालों के लिये सोच रही हो?'

'तुम नहीं सोच रहे? बोल पाओगे अपने जवान बच्चों को. मैं बोल पाऊँगी? तीस साल एक आदमी के साथ रहने के बाद मैं उसे किस मुंह से कहूँ, मैं जा रही हूँ. वह पूछेगा नहीं, मेरा कुसूर क्या है? बेटे से ज्यादा मुझे अपनी बहू से डर लगता है. वह समझेगी क्या? कौन समझेगा? थोड़ी दूर और जाऊँ तो लगता है, हमारे समधी क्या सोचेंगे? कहेंगे, ये दोनों सठिया गए हैं?'

'अब तुम मुझे डरा रही हो क्या? इतनी मुश्किल से जब हमारा सपना सच होने जा रहा है.'

'डरा नहीं रही ... डर रही हूँ वास्तव में. हम कायर थे. हमने बहुत देर कर दी. तभी अपनी मर्जी का कर लिया होता तो क्या कर लेता समाज या परिवार. डांट-डपट, चीख चिल्ला चुप हो बैठ जाता. बच्चे भी छोटे थे, कमअज़कम सामने जवाब देने की जरूरत नहीं होती. अब तो ऐसा करने की कोई वजह भी पूछेगा तो हम बता नहीं पाएँगे.'

'कहेंगे, हम प्रेम करते हैं एक-दूसरे से.'

'प्रेम.' वह एकाएक हँसने लगी, क्या कोई सचमुच जानता है, प्रेम क्या होता है? और यह प्रेम की माँग थोड़े ही है. प्रेम माने क्या? पर उसने यह नहीं कहा.

'क्या यह काफ़ी होगा? सबसे बड़ी बात, कह पाओगे क्या?'

'हमें किसी से कुछ कहने की जरूरत नहीं है. हम एक दिन तय करेंगे, उस दिन एक ख़त में सब कुछ लिखकर चुपचाप घर छोड़ देंगे, बस.' उसने अचानक निर्णायक स्वर में कहा.' बताने की ज़हमत ही क्यों उठायेंगे? इस तरह तो कभी कुछ नहीं होगा.'

'हां. इस तरह तो कभी कुछ नहीं होगा.' उसने भी अपने आप में डूबे-डूबे कहा.

'तुम्हारी क्या प्रॉब्लम है?'

'नहीं. कुछ नहीं.'

'कुछ तो है. साफ़-साफ़ बोलो. अब घुमाने-फिराने का वक्त नहीं रहा.'

'मेरी प्रॉब्लम बड़ी सिली-सिली है, तुम हँसोगे.'

'तो हँस लूँगा.'

'देखो न, रमन डायबिटिक है, उन्हें समय पर दवायें देना, चेकअप के लिये कहना, वो तो अपने आप कुछ नहीं कर सकते. उनका कोई दोस्त भी नहीं है. घर में घुसते ही सबसे पहले मुझे पुकारते हैं और बेटा, आधी-आधी रात तक बैठा हमसे बातें करता रहता है, जब तक हम उसे उसकी बीबी का डर दिखाकर उसके रूम में नहीं भेज देते. तुम कहोगे, ये

गुलामी की जंजीरें तोड़ दो पर एक बात कहूँ, गुलामी की भी आदत पड़ जाती है. अब इन हथकड़ियों के निशान मेरी आत्मा में खुद गए हैं.'

'इसका मतलब मैं क्या समझूँ?'

'मैं तुम्हें किसी नतीजे पर नहीं पहुँचा रही. अपनी फीलिंग्स शेयर कर रही हूँ. मुझे जाने क्यों शिद्दत से लग रहा है, बहुत देर हो गयी है.'

'बहुत देर क्या मैंने की है? तुम्हीं कहती रही, बस अपने बच्चों को जरा बड़ा कर लूँ फिर कहा, इनकी शादी हो जाए, बुढ़ापे में जिसकी मां किसी के लिए घर छोड़ दे, उन बच्चों से कौन सा परिवार रिश्ता जोड़ना पसंद करेगा. अब जब सब हो गया, तुम्हारे पास नये बहाने तैयार हो गए. अब तुम ऐसा करो, अपने पोते की शादी तक रुक जाओ. फिर तो घरवाले भी सोचेंगे, बूढी जाती है तो जाए, पिंड छूटे. कहेंगे, कहाँ जाना है, बताओ, हम छोड़ आते हैं.'

दोनों एक साथ हँसने लगे. पर दोनों को ही लग रहा है, वे हँस नहीं रहे, रो रहे हैं.

'शाश्वत, मैं जानती हूँ, ऐसा ही कुछ या इससे थोड़ा अलग तुम्हारे साथ भी है. फ़र्क सिर्फ़ यह है कि तुम कह नहीं रहे. मुश्किल तुम्हारी मुझसे कम नहीं है.'

कभी कुछ नहीं बताया उसने अपनी पर्सनल लाइफ के बारे में. एक वर्जित क्षेत्र है वह, जिसमें दोनों में से कोई अपनी बातों के दौरान भूलकर भी प्रवेश नहीं करता. उसे भी पता है उसकी कमजोरी, वह खुद को वहां अकेला छोड़ दिया जाना चाहता है. ठीक भी था, एक वक्त के बाद आपको उस दृश्य से गायब हो जाना चाहिये, जहाँ आपकी मौजूदगी गैरजरूरी है.'

पर आने वाला यह दृश्य, जो इस तस्वीर में है, कौन तय करेगा कि इसमें उनकी मौजूदगी जरूरी है या नहीं.

'अच्छा, तुमने यह तो पूछा नहीं, इसमें किचन कहाँ है, बैडरूम किधर है, बालकनी कितनी बड़ी है और लाइब्रेरी है या नहीं.' उसे लगा वह ख्वाहमख्वाह तनाव में पड़ रहा है तो उसने बात बदल दी.

'लाओ, मैं बताऊँ.' उसने तस्वीर टेबल पर अपने ठीक सामने रख ली. यह अजीब था. सचमुच अजीब. जो भी उसके घर का किचन रहा होगा, वह वहां खाना बनाए. उसे क्या ऐसा नहीं लगेगा, वह एक अजनबी शरीर को छू रही है. घर की भी तो अपनी एक देह होती है. वह भी किसी परिचय की माँग कर सकता है. क्या करेगी वह? वैसे ही खाना बनाएगी या पढ़ेगी या वे दोनों शाम को शापिंग के लिये जाएंगे, कभी फ़िल्म. कभी पहाड़ों की सैर. दिन भर पहाड़ आँखों के सामने हों तो दिखना बंद हो जाते हैं.

'मसूरी में क्या हमेशा ठण्ड होती है?' अचानक उसने नानसेंस प्रश्न पूछ लिया.

'क्यों?'

'नहीं, बहुत ठण्ड मुझे सूट नहीं करती, मैं परेशान हो जाती हूँ.'

'ओ. के. जब ठण्ड बहुत बढ़ जायेगी, हम आपको किसी गर्म जगह घुमाने ले जाएंगे.'

'घुमाने?' उसने दिमाग में फ़्लैश की तरह चमका. तो वहां खर्च कौन करेगा? शाश्वत? वह खुद को असहज महसूस नहीं करेगी? जैसा कि आमतौर पर करती है. जब वे दोनों साथ होते हैं, शाश्वत उसे एक पैसा खर्च करने नहीं देता. तब भी उसे लगता है, वह अपनी आइडेंटिटी खो रही है. यही बात उसे रमन के साथ नहीं महसूस होती. शायद इसलिये कि वहां वह अपना-आप देती है. वहां घर की कमान उसके हाथ में है. क्या लाना, क्या नहीं? कहाँ जाना, कहाँ नहीं? वहां तो वह पति और बेटे को उनकी फिजूलखर्ची के लिये डाँट लगाती है. शाश्वत को भी तो उसने अपना आप दिया है. उसके साथ होती है तो उसे लगता है, वह अपने साथ है, पर तमाम वक्त नहीं. वह पल गुज़र जाता है, दोनों वापस लौट आते हैं. समंदर लौटता है जैसे अपनी ओर, उफ़ान के बाद. शायद यह सब साथ रहने से आता है. जब शाश्वत और वह साथ रहने लगेंगे, उसे कुछ भी महसूस नहीं होगा.

'मुझे पता है, तुम सबसे पहले कहाँ चलना पसंद करोगी. उस गेस्ट हाउस में चौबीस घंटे, जहाँ जवाहरलाल नेहरू और इंदिरा गाँधी रुके थे, है न, देखो इतने साल हो गये, वह हमारी दूसरी मुलाकात थी. मुझे एक-एक क्षण याद है, यह भी कि तुमने उस दिन क्या पहना था?'

'तुम्हें याद है?' उसने हैरत से पूछा. हालाँकि खुद उसे कुछ भी याद नहीं था.

'बिल्कुल. यह भी कि पहली मुलाकात पर क्या पहना था?' उसने एक पल उसका चेहरा देखा, फिर हँस पड़ा.

'ब्लैक. मॉय डियर ब्लैक. मुझे यह भी याद है, मेरे साथ खाने में किस-किस वक्त तुमने क्या-क्या खाया था?'

'तौबा.' उसने अपने कान पकड़े ...' अब बस करो.'

अच्छा लगता है किसी दूसरे के भीतर जीना, अपना जीना नाकाफ़ी हो जैसे. कभी-कभी हम दूसरे के चिमटे से अपने आपको पकड़ते हैं, दूसरे की आँख से देखते हैं अपने आपको.'

'तुम्हें एक मजेदार बात बताऊँ?'

'बताओ.'

'मैं जब सायकालाजी में एम. ए. कर रही थी, हमारे एक प्रोफ़ेसर होते थे, संजय. पढ़ाते तो थे वे एबनार्मल सायकालाजी, पर दुनिया का कोई ऐसा विषय न था, जिसकी बाबत वे गहरी से गहरी जानकारी न रखते हों. जिसे भी कुछ पूछना होता, उनके पास भागा चला जाता. चलती-फिरती डिक्शनरी तो थे ही, बोलने से पहले उन्हें सामने वाले की प्रतिक्रिया भी पता होती. एक ही प्रश्न का वे हर स्टूडेंट को अलग जवाब देते. एकदम सही जवाब. जीनियस थे. प्रेम पर तो ऐसा बोलते थे वे, कहाँ-कहाँ की दार्शनिक उक्तियाँ देते हुए. अद्भुत. कहते थे, प्रेम न सिर्फ़ अबोध होता है, अबोधता में ही संभव होता है. समझदारी से इसका कोई लेना-देना नहीं. हमने पूरे दो साल सुना उनको. उन दो सालों में मैंने उनकी शायद ही कोई क्लास मिस की हो. हजारों उक्तियाँ. हजारों उदाहरण. कभी कहते, तुम लोग जानते ही नहीं हो. देह कितनी गैरजरूरी है यहाँ, कभी

79

कहते, कितनी मीनिंगफुल है यह. यही तो द्वार है. तुम्हें खटखटाने का तरीका आना चाहिये. पर यह सब तुम तभी जानोगे, जब इसके पार जाने का रास्ता तुम जान लोगे.'

वह सांस लेने के लिये रुकी. वह बड़े ध्यान से उसे सुन रहा है. इतनी तन्मयता से वह कभी-कभी ही बोलती है. नहीं तो अकसर छोटे-छोटे जवाबों से उसका काम चल जाता है.

'जब हमारा रिज़ल्ट आया, मैंने टॉप किया था. मैं उन सबसे मिलने कॉलेज गई. उन्होंने अपनी ख़ुशी प्रगट की, मुझे बधाई दी. जेब से सौ रूपये निकालकर चपरासी को दिये- जाओ, मिठाई लेकर आओ. मैंने चपरासी से सौ रूपये झपटकर उनके सामने रख दिए- सर, ऐसा किया तो मैं बगैर मिठाई खाये चली जाऊँगी. वे हँस दिए. मैंने अपने पैसे निकालकर चपरासी को दिए, छोटी सी पार्टी हुई घंटे भर की, हंसी-मज़ाक के बाद जब हम उठे. मैं उनके पास जाकर खड़ी हो गई. वे समझ गये, मैं कुछ पूछना चाहती हूँ. वे उठे और साथ चलते हुये दरवाज़े तक आए.

'सर, वह कौन है, जिससे आप प्रेम ...मैंने पूरे दो साल आपको इतना सुना है कि उन्हें देखने का मन करता है.' मैंने डरते-डरते कहा कि कहीं सीमाओं का अतिक्रमण न हो जाये, साथ ही जोड़ दिया - 'सर, मैं आपकी स्टूडेंट नहीं हूँ अब. मैं आपसे कुछ भी पूछ सकती हूँ.'

वे मेरी तरफ़ देखते हुये बड़े मज़े से हँस दिए.

'सिली गर्ल ... चुपचाप घर जाओ. ऐसा कोई भी नहीं है, न मैंने जीवन में कभी प्रेम किया है, न इसके अस्तित्व को स्वीकार करता हूँ. गुड बाय, गाड ब्लेस यू.' वे मुड़े और अन्दर चले गए.

'मैं जानती हूँ, वे कभी झूठ नहीं बोलते. उस दिन के बाद आने वाले बरसों में मैंने जाना, हम उसी के बारे में सबसे ज्यादा बात करते हैं, जिसके बारे में सबसे कम जानते हैं.'

'तुम कहना क्या चाहती हो?'

'मैं यह कहना चाहती हूँ कि हम जिन चीजों के बारे में सोचते हैं ... प्रेम, व्यवस्था, शादी, बच्चे, घर, जिम्मेदारियां, वे शतरंज की एक बिसात पर अपनी-अपनी जगह घेरे खड़े हैं. हमने जब से होश संभाला है, इन्हें ऐसे ही देखा है. इन्हें किसी और तरीके से भी जमाया जा सकता है, ये बाजियाँ किसी और तरीके से भी खेली जा सकती हैं, जहाँ हमें अपना-आप जीतना-हारना न पड़े. हम इसके बारे में बातें तो बहुत करते हैं पर हमारे पास कोई ठोस आधार नहीं है, जिस पर हम इस भवन को कागज से उठाकर जमीन पर रख सकें, इसे मनचाहा आकार दे सकें. बहुत सारे ख़्वाब होते हैं शाश्वत, जो सच बनने से पहले मर जाते हैं तो मात्र इसलिए कि उन्हें सच करने का साहस मनुष्य में नहीं होता.'

वक्त ख़ामोश पानी की तरह उनके बीच बह रहा है. अभी भी वे उन प्रश्नों के उत्तर ढूंढ रहे हैं, जो पच्चीस बरस से उनके भीतर पल रहे हैं.

'चलिये हुज़ूर, आपको घुमा लाएं, दोपहर हो गयी यहीं बैठे-बैठे. चलो, लंच पर एक शानदार जगह चलते हैं.'

दोनों तैयार होकर गाड़ी तक आए. ड्रायवर नहीं था.

'ड्रायवर नहीं लाये?' सहर ने यूँ ही पूछा. वैसे भी उसे उन दोनों के बीच तीसरे की उपस्थिति नागवार गुज़रती थी. पीछे सतर्क होकर बैठना पड़ता. कभी-कभी वह उसकी पतली सी हथेली अपने गर्म हाथों में भींच लेता. भीतर रुकी हुई सहमी साँस को आराम मिल जाता. वह दो हाथों की आपस में हो रही गुफ़्तगू सुनती. वर्डलेस. कुछ धीरे-धीरे उतरता. देह में से एक नई देह सिर उठाती.

'नहीं. बच्चों को बाहर जाना था दो दिन के लिए. एक गाड़ी वे ले गए. दूसरी लेकर मैं यहाँ भाग आया. मेरे पास सिर्फ़ एक दिन है.' उसके होठों पर उदास मुस्कान थी.

वैसा ही डरा-डरा सा जीवन. दौड़ते-भागते जब जितना मिल जाए.

'अब ये सब करना बुरा लगता है न?' उसने प्लेयर पर एक कैसेट लगाते हुए कहा.

'बहुत. तभी तो स्थायी समाधान खोज लाया हूँ.'

'तुम्हें याद है, एक कैसेट में तुमने मेरी पसंद के गाने भरवाए थे. हम जब भी मिलते थे, तुम वही बजाते थे और जगजीतसिंह की वह ग़ज़ल हम दोनों को ही पसंद थी बहुत.'

'प्यार का पहला ख़त लिखने में वक्त तो लगता है.' वह हँस दिया. 'जगजीतसिंह सुनने की आदत मुझे तुमने ही लगाई थी. अब तो सालों हो गए, कुछ नहीं सुनता.'

'वह कैसे खो गयी?' उसने बॉक्स खोला.

'खो गयी होगी जाने कहाँ? अब तो एक गाड़ी बेटी ले जाती है, दूसरी बेटा. उनसे फ्री होती है तो बीबी.' वह एक फ़ीकी हँसी हँस दिया.

खो जाता है बहुत कुछ, जिसे एक वक्त तक हम बहुत कीमती समझते हैं, बाद में बचकानी बातें लगने लगती हैं. सूखे फूल. लम्बी-लम्बी पत्तियां, डायरियां, कार्ड्स ... सब.

'तुम्हारे ख़त, तुम्हारे कार्ड्स कुछ भी नहीं है मेरे पास. मैं अपने एक दोस्त के लॉकर में रखता हूँ. सोचता हूँ, ले लूँ साला ऊपर चला गया तो मेरा भी कितना कुछ ले जाएगा. कोई एक कोना नहीं बचता, जिसे सबसे छिपाकर रखा जा सके. लोगों और चूहों में कोई फ़र्क नहीं है. हर जगह पहुँच जाते हैं. हर चीज़ कुतर डालते हैं. दूसरे का सपना तक नहीं छोड़ते.'

वह चुप बैठी सुन रही है. कैसेट में पता नहीं क्या बज रहा है. उसका दिमाग ग्रहण नहीं कर रहा.

इसके पहले भी दोनों मिलते रहे हैं. दोनों को पता होता है -सिर्फ़ एक या दो दिन बस. दोनों वापस लौट आते हैं. अपनी-अपनी गुफ़ाओं में. बगैर प्रतिकार के.

सीज़नल पक्षी आते हैं न एक ख़ास मौसम में. एक ख़ास वक्त के लिए. उसी तरह वे उड़ते रहे ... धर-उधर, कभी किसी मकबरे के बुर्ज पर. कभी किसी आधी टूटी दीवार पर. दो-चार दाने चुगकर वे किसी तन्हा शाख पर जा बैठते अगल-बगल. देखते रहते संसार की आवाजाही.

आख़िर उन सीज़नल पक्षियों का भी वापस जाने का वक्त आ गया.

'तो? तुमने अपना फ़ायनल जवाब नहीं सुनाया, कब?'

'जब तुम कहो, मैं तुम पर छोड़ती हूँ.'

वह सोच में पड़ गया. कुछ देर बाद बोला ...

'ऐसा करते हैं, सिर्फ़ तीन महीने और रुक जाते हैं. बेटे की शादी या सगाई जो भी हो, निबटा देते हैं. शादी हो जाए तो और भी अच्छा. पत्नी अकेला महसूस नहीं करेगी. बेटी भी अमेरिका जाने को है. उसकी मुझे ख़ास फ़िक्र नहीं है. वह जब जैसा होगा, मैं समझा दूंगा उसे. मुझे हमेशा लगता है, लड़कों से लड़कियाँ ज्यादा समझदार होती हैं. अपने पेरेंट्स को वे ज्यादा अच्छी तरह समझती हैं.'

हां, वह जानती है. उसकी अपनी बेटी भी तो उसे समझने में एक लम्हे से भी कम वक्त लेती है. वह उससे कह सकती है, पर क्या - कि बेटा, मैं तुम्हारे पापा और भाई को छोड़कर जा रही हूँ, उन्हें समझा देना. ऐसा कभी हुआ है बेटी ने मां की मदद की हो घर से भागने में. उसने दिल्लगी से सोचना चाहा पर उसका ह्रदय भारी हो गया.

हम आख़िरी वक्त की खुशियों के लिये सब-कुछ दांव पर लगा रहे हैं. नहीं, हम उन्हें बताना चाहते हैं कि जब हमें सचमुच जीने नहीं दिया जाता तो हम अपना-आप तुमसे छीन लेते हैं.

'पत्नी को क्या कहोगे?'

'आय एम गोइंग और क्या? क्या इससे ज्यादा भी कुछ कहा जा सकता है?'

'लग तो नहीं रहे इतने बहादुर?' वह हँसी.

'तुमने बना दिया है न, मैं सचमुच था नहीं. सहर, क्या तुम यकीन करोगी, इस दुनिया में सिर्फ़ तुम हो, जिसके लिये मैं किसी भी हद तक जा सकता हूँ. तुम मुझे निराश तो नहीं करोगी न, आख़िरी वक्त पर कोई एक्सक्यूज़.'

'नहीं शाश्वत. कभी नहीं. ऐसा कभी हुआ है कि तुमने कहा हो और मैं न पहुँची हूँ. बात सिर्फ़ तुम्हारी नहीं मेरी भी है. मरने से पहले मैं शाश्वत,

चाहे थोड़े दिन ही सही, अपने लिये जी लेना चाहती हूँ. कैसा होता होगा वह जीना, मुझे सचमुच कुछ पता नहीं है.' उसका गला भर आया.

उसने उसके आँसू चूमे. भीतर का समंदर अचानक किनारे तोड़ उन्हें अपने साथ बहा ले गया.

जब से लौटी है वहां से निर्णय लेकर. भीतर एक अजब सी वीरानी, एक अजीब से नयेपन के अहसास से भर उठी है. कुछ महीने और. घर पहले से ज्यादा सँभाल देती है. रमन की आलमारी, कागजों से लबालब भरी दराजें, जिन्हें वह रमन के कहने से भी छूती नहीं थी कि इस मुसीबत से तुम्हीं निबटो, ठीक-ठाक कर रही है. उन सम्बन्धों के सारे निशान मिटा रही है ढूँढकर, जो जिस-तिस कोने में छिपाकर रखे थे. रमन की आदत नहीं कुछ भी खोलखाल कर देखने की सो वह निश्चिन्त रहती है. यह आख़िरी बार है, सब ठीक-ठाक कर दे. शाश्वत अपनी चीजें खुद सँभालता है, वह जानती है. फिर उसके करने के लिये कुछ भी नहीं रह जायेगा. बहू को कुछ समझाने बैठती है तो समझाती ही चली जाती है. कभी-कभी अकेली ही कार ले लाँग ड्राइव पर चली जाती है. होशपूर्वक जी रही जीवन को, जितना बचा है यहाँ, जी ले. बहुत वक्त साथ रहो तो जरूरी गैर जरूरी सब चीजें अपनी लगने लगती हैं.

'मां. आजकल आप बहुत चुप-चुप रहते हो. दिन भर किसी न किसी काम में लगे रहते हो. सारे घर की सफ़ाई हो गयी. कुछ ढूँढ रहे हो क्या?'

'हां. अपना आप.' कहना था, पर कहा ...

'क्या ढूँढूंगी इला, सोचती हूँ, महीने दो महीने के लिये कहीं हो आऊँ. बहुत ऊब गयी हूँ इस सबसे.'

'जब कहो मां, इनको बोलकर आपका रिज़र्वेशन करा देते हैं. आप तो हरिद्वार और ऋषिकेश वगैरह जाना चाहते थे न, अपने बेटे से और पापा से पूछ लीजिये, वे दोनों कैसे रहेंगे आपके बिना?' वह मुस्कराती रही.

'सबके बिना सब रह लेते हैं इला. मैं बात करती हूँ आज. जानते हैं, ठान लिया तो रुकूंगी नहीं.'

'ठीक है मां. ऐसा करो, हरिद्वार का रिज़र्वेशन करा लो, कुछ दिन वहां रहने के बाद आगे चले जाना.'

हां, आगे ही तो जाना है, उसने सोचा, शाश्वत से बात करके एक तारीख पक्की कर ली. भीतर कुछ मरता जा रहा है धीरे-धीरे. अनाम भय के पंजे जैसे गर्दन मरोड़ रहे हैं. हे ईश्वर! इस बुढ़ापे में कितनी फ़जीहत होगी? लोगों और रिश्तेदारों द्वारा कहे जाने वाले संभावित अपशब्द दिन भर उसके कानों में गूंजते रहते. कुछ अच्छा न लगता. भूख भी न लगती ठीक-ठीक, न नींद आती. रात को चौंक-चौंक कर उठती. शाश्वत के पास है या रमन के पास. सोते हुये रमन का चेहरा बहुत देर तक देखती. क्या बुरा किया है इसने मेरे साथ? इसका कुसूर सिर्फ़ इतना है कि मैंने स्वयं इसे नहीं चुना. बाक़ी रही प्रेम की बात तो तीस साल से ऊपर हो गये. बहुत खूबसूरत लम्हे भी बिताये हैं हमने एक-दूसरे के साथ तो अगर वह प्रेम नहीं था तो क्या था? पर अब तो निर्णय की घड़ी आ चुकी. निर्णय तो लेना ही है. वादा कर चुकी है वह शाश्वत से. अब तो सारे असमंजसों के अंत का वक्त आ गया.

तीसरा दिन. शाश्वत पहुँच चुका है वहां. पुरानी सारी लकीरें मिटाकर. आसान नहीं था पर चुना उसने आसान रास्ता. पत्नी को बतायेगा तो जानता है, उसे दौरा पड़ जायेगा, उसका जाना फिर असंभव. बेटा समझ नहीं पायेगा. वह सिर्फ़ एक हफ्ते के लिये आया है कहकर. किसी अनहोनी की आशंका से उसका ह्रदय काँप रहा है. अगर यह एक हफ्ता ठीक-ठीक गुज़र गया तो वह इसे दूसरे हफ्ते में तब्दील कर देगा, फिर और. फिर और. अपनी मोबाईल तक नहीं लाया जानबूझकर, जैसे भूल गया हो.

सहर नहीं पहुंची अभी तक. उनके बीच फ़ोन पर यही तय हुआ था. सहर ने बताया था, उसने बेटी को बुला लिया है, उसे सब समझा देगी. जानती है, बेटी उसी का साथ देगी. फिर क्या हुआ? बेटी नहीं आई या कोई बीमार पड़ गया. वह खुद तो कभी बीमार पड़ी नहीं. हमेशा कहती है,

इतनी उम्र हो गयी, एक दिन के बुखार के लिये तरस गयी हूँ. कोई फूल लेकर आये, बार-बार पूछे, खूब सारे फ़ोन बजें. बहुत बड़ा सर्कल है उसका पर भीतर एकदम अकेली. खुशनसीब समझता है वह खुद को, जब वह पास होती है ...

'तुम्हारे पास कितना कुछ है, तुम्हें खुद पता नहीं है.' एक दिन कहा था उसने.

'अच्छा. जरा विस्तार से बताइये, हमारा भी सुनने को जी चाहता है.' उसने शरारत से कहा था. जब वह गिनाने लगा, वह हँस पड़ी थी.

'कुछ और भी है शाश्वत, जो कोई देख नहीं पाया.'

क्या करे? वह कुछ सोच नहीं पा रहा. मसूरी में है. घर से इतनी दूर. फिर भी डरता है किसी परिचित के देख लिये जाने से. टूरिस्ट प्लेस है, सभी आते-जाते हैं. उसने भी गलत जगह चुन ली, लगता है. प्रेमियों के लिये इस संसार में कोई जगह सुरक्षित नहीं है.

तीन बार फ़ोन लगाया. अजनबी आवाज़ सुनता तो फ़ोन रख देता. वह तो घर के सभी लोगों की आवाज़ पहचानता है. लगता है, कुछ अनजाने मेहमान आ गये हैं, तभी. हो सकता है, समधी आ गये हों बड़ोदा से. रहा नहीं गया तो चौथी, पांचवीं, छठवीं बार लगाया. सातवीं बार उसकी बेटी ने उठाया ...

'हलो.' आवाज़ भारी थी पर वह पहचान गया. कह दिया होगा सब कुछ अब तो सहर ने.

'हलो बेटा, मैं शाश्वत बोल रहा हूँ.' उसकी बेटी से उसकी गहरी पहचान है, कई बार बातें हो चुकी हैं, मिल चुके हैं. वह उसे अपनी मां के अच्छे दोस्तों में गिनती है.

'अंकल.' वह फ़ोन पर फफककर रो पड़ी.

'क्या हो गया?' वह सकते में आ गया. कहीं रमन को तो कुछ ...डायबिटिक है. हार्ट पेशेंट भी. सहर ने कुछ कहा हो और ... हे भगवान! उसके हाथ काँपने लगे, हार्ट बीट तेज हो गयी. उसे लगा, वह बेहोश होकर गिर पड़ेगा. सब ख़त्म हो गया.

'अंकल ... ममा इज़ नो मोर ...' वह बेतहाशा बिलख रही है.

समूची पृथ्वी एक बार जोर से घूमी और घूमती चली गयी. उसके साथ उस पर जमी सारी चीजें ... फिर एकदम से रुक गयी. एक स्टिल तस्वीर. उसकी अपनी देह तक. भीतर कुछ काँप तक नहीं रहा. सब कुछ सख्त बर्फ़ सा ठंडा.

'कब?' उसके सुन्न दिमाग से एक शब्द बाहर गिरा.

'आज तीसरा दिन है. उन्होंने एक हफ्ते पहले मुझे बुलाया था. कह रही थीं, तुमसे कुछ जरूरी बात करनी है, अपने हरिद्वार जाने से पहले. तू समझ जायेगी फिर सबको समझा देना. मैं आई, उसी दिन उन्हें अटैक आया. चार दिन आई. सी. यू. में रहीं. मैंने बहुत पूछने की कोशिश की, क्या बात है? पर वे सूनी-सूनी निगाहों से सिर्फ़ मुझे देखती रहीं. आख़िरी दिन, शायद उन्हें पूर्वाभास हो गया था. जाने कहाँ से एक छोटे से घर का फ़ोटोग्राफ़ निकालकर मुझे दिया, मेरा चेहरा अपनी छाती से लगा लिया.'

और जोर से रो पड़ी वह ...

'फिर मेरे कानों में बोलीं ... शाश्वत से कहना, फिर मिलेंगे. उसके बाद उन्होंने आँखें नहीं खोलीं.'

वह हिचकियाँ भर-भर कर रो रही है.

गर्मियों के दिन हैं. अचानक मसूरी में हिमपात होने लगा है. समूची वादियाँ ... जंगल ... घर ... पशु-पक्षी गुम होने लगे हैं बर्फ़ में. सीज़नल पक्षियों के जोड़े में एक अकेला बैठा है तन्हा शाख पर. अब कोई नहीं आएगा. बर्फ़ लगातार गिर रही है. कहाँ जाना है अब उड़कर.

'आप कहाँ से बोल रहे हैं अंकल?'

'मसूरी से.'

'अंकल, जो मैं सोच रही हूँ, सच है न?' उसने अपनी हिचकियों के बीच की ख़ाली जगह में एक लम्बी साँस भरते हुये कहा.

वह कुछ नहीं कह सका. बर्फ़ इतनी तेजी से गिर रही थी कि पहले उसके शब्दों को फिर उसके हाथ में थमे रिसीवर को भी अपनी लपेट में ले लिया. शाख पर बर्फ़ का एक सफ़ेद फूल खिला था.

एक औरत का एक दिन

सुबह पांच बजे से दिन शुरू होता है या चार बजे से या शायद तीन बजे से. आधी रात के बाद से. भागती हुई रात थक गयी है और अब पीछे हटती छिप गयी है. सूरज आसमान में अपनी जगह बदलता है. सुबह छः बजे मैं अपनी बालकनी में आ खड़ी होती हूँ. सुबह का उजाला चारों ओर है. नवम्बर के आख़िरी दिनों की सुबह. पत्तियों पर ओस सी चमक रही है. खिड़की के पास चिड़ियाएँ रोज की तरह शोर मचाती हैं. पता नहीं वे मनुष्य को किस तरह देखती होंगी पर हम उन्हें सुख के उड़ते हुये लम्हे की तरह देखते हैं. दिखा कि गया. इक्का-दुक्का मार्निंग वॉकर घूम रहे हैं. सामने बन रहे मकान को बनाने वाले मजदूर अपनी नीली प्लास्टिक की शीट से ढँके कच्चे घरों से निकल अपने दैनिक कार्यों से निवृत हो रहे हैं. पानी का मोटर चला वे मोटी धार से नहा रहे हैं. उनकी औरतें रात के झूठे बर्तन मांज रही हैं. इसके बाद वे कुछ पकायेंगी. खाने के बाद इनका काम शुरू होगा. छोटे-छोटे बच्चे दौड़ने भागने लगे हैं. वे भी पानी की मोटी धार से नहाना चाहते हैं. उनके लिए बाल्टियाँ भरी जाती हैं, पुरानी प्लास्टिक की, मैली-कुचैली. वे पानी, गिट्टी, पत्थर, रेत इसी से खेलते हैं, जो सहज उपलब्ध हैं. रेत के ढूहों के सिरों पर अपने पैरों जितने घरौंदे बनाते हैं, जो उनके पैर निकालते ही टूट जाते हैं. वे निराश नहीं होते, फिर बनाने लगते हैं.

सबके लिये घर बनाते हुए मजदूर जगहें बदलते हैं, उनके पैरों के पहियों पर उनके घर भी घूमते हैं. वे सब एक जैसे चेहरे वाले एक जैसे कपड़े पहनते हैं. मिट्टी ढ़ोते-ढ़ोते मिट्टी के रंग के हो जाते हैं. मिट्टी को उन पर गर्व है, वह उनका साथ कभी नहीं छोड़ती. खुद मिट्टी में मिलते हुए वे अपने बच्चों को भी उसके हवाले कर देते हैं. मिट्टी उनके साथ भी खेलती

है. उन्हीं के हिसाब से आकर ग्रहण करती है. मिट्टी से खेलने के बाद शाम सात बजे वे फिर नहाते हैं पानी की मोटी धार से. उनकी औरतें बाहर खुले में सिगड़ी पर खाना बनाती हैं. टेढ़े-मेढ़े पतीले में खूब सारा चावल और साग. वे खूब तन्मयता से खाते हैं. आख़िरी दाना तक. और बेहद सुकून से लेट जाते हैं. नींद उनके दरवाज़े पर दस्तक देने को तैयार खड़ी है. उनके घर से रेडियो चलने की आवाज़ आती है.

'कोई लौटा दे मेरे बीते हुये दिन.'

उनके दिन आगे नहीं सरकते. वे एक ही जगह खड़े गोल-गोल घूम रहे हैं. कभी वे धक्का दे भी देते हैं तो वे रोबोट की तरह वहीँ-वहीँ लौट आते हैं. अब वे धक्का नहीं देते, उन्होंने दिनों से संधि कर ली है.

सामने सड़क पर कचरा है. झाड़ू लगाने वाले बहुत दिनों से नहीं आये हैं. वे कब आते हैं, पता नहीं चलता. कभी-कभी कुछ लम्बी झाडुओं से सड़क साफ़ होती है तो उनकी तीलियाँ दिखाई देती हैं, चेहरे नहीं. कुछ पाँव जगह बदलते रहते हैं. सड़कें साफ़ होती रहती हैं. वे फिर आयेंगे, ऐसे ही किसी दिन. बिना दिखे, बिना बोले किसी से. बिना पहचान छोड़े वे आते-जाते रहेंगे, सड़कें साफ़ होती रहेंगी और एक दिन चले जायेंगे. लोगों को कभी पता नहीं चलेगा कि वे चले गए हैं और उनकी जगह दूसरे आ गए हैं. वे नामहीन समय में नामहीन चेहरों के साथ बार–बार आते-जाते और खोते रहेंगे.

अन्दर कमरे उसी तरह खड़े हैं. ऐसा कभी नहीं हुआ कि किचन बैडरूम की जगह चला जाए और आँगन ड्राइंग रूम में घुस आये. चीजें वहीँ हैं, जहाँ हम उनकी जगह बताकर उन्हें रख देते हैं. वे बनी रहती हैं ताउम्र वहीँ हमारा कहना मान. हम अपनी मर्जी से उनकी जगह बदल देते हैं कभी-कभी. फिर हमारी मर्जी क्षीण होने लगती है और हम मान लेते हैं वे वहीँ के लिये बनी हैं. जैसे मान लिया जाता है हमारे लिए और हम भी बने रहते हैं वहीँ बिना चूं-चपड़ किए वहीँ.

ये खाने की टेबल बहुत बड़ी है. मैं इसे कहीं और रखना चाहती हूँ. जहाँ इतना खाना हो कि कितने भी खायें कभी कम न हो. खेतों में फसल

लहलहाती है तो तमाम चिड़ियों को आवाज़ देती है. आओ और हमें हमसे मुक्त करो. मैं तमाम मनुष्यों को आवाज़ देना चाहती हूँ. इन सोफ़ों पर मैं कपड़े की जगह घास लगवाना चाहती हूँ कि जब कोई बैठे तो उसे आसमान के नीचे बैठने का अहसास हो कि कभी-कभी कोई तितली उतरे घास के फूलों पर तो ये फूल थोड़े और खिल जाएँ. चिड़िया उतरे तो घास उसके पैरों में गुदगुदी कर दे. घास बंद कमरों में नहीं उगती. ये छत जरा सी काटनी पड़ेगी. मुझे छत काटने का औजार ढूँढना होगा.

ये पंखे बिना रुके चलते हैं. इनमें हवाओं की सी महक नहीं है. वैसे भी नाक को अब कुछ दिखाई नहीं देता. यह नहीं जानती इसे क्या दिया जा रहा है. यह हवा के आने–जाने का रास्ता है मात्र. यह मेरा पलंग है, इस पर लेटकर ऊपर देखो तो सफ़ेद छत दिखाई देती है. मैंने पति से कहा, छत न हो तो आसमान साफ़ दिखाई देगा. बरसने वाली ओस सीधा चेहरे पर बरसेगी. उसने कहा, इसके लिये सड़कें हैं. घर बनते ही इसलिए हैं कि इसके सिवा कुछ देख न सको. मैंने कहा. ये घर किसी और तरह से भी तो बनाए जा सकते हैं. जो सीधे आसमान में खुलते हों, शाखों पर टिके घर जो हवा चलने से हौले-हौले हिलते हों. जहाँ चिड़ियाएं बेझिझक आ जायें और हमारे कपड़े रखने की आलमारियों में अपने अंडे सुरक्षित छोड़ जायें. हम उनके चूजे पालें और उन्हें उड़ना सिखायें. धीरे-धीरे हमें भी उड़ना आ जाये और ज्यादा नहीं तो मुर्गियों की तरह फ़ुदक लें अपने दाने के लिए. जहाँ घर बनाने के लिए इतनी मेहनत न करनी पड़े कि जब तक बनते हैं, रहने वाले कहीं और चले जाते हैं. बर्फ़ की गुफ़ाओं जैसे घर. जिसमें लेटते ही सब कुछ शांत और ठंडा हो जाता है. इनके भीतर हमारी कब्रें बन जाती हैं. इतने सामान होते हैं भीतर कि उनके बीच फँसी अपनी ही आवाज़ सुनाई नहीं देती. ताबूत जैसे घर, जहाँ सब कुछ है, बस आत्मा नाम की चिड़िया उसे ख़ाली छोड़ उड़ गई है.

उसने कहा, यह अपने-अपने ताबूत सुरक्षित रखने का दौर है. अपना छोड़ कर तुम दूसरे के ताबूत में नहीं घुस सकते. सड़कों पर लोग, लोगों को काटने के लिये कई किस्म की तलवारें लिये घूम रहे हैं और वे तुम

जैसी औरतों की तलाश में ही रहते हैं. जो अपनी कब्रों से बोर हो गयी हैं और ताज़ी हवा की तलाश में अपने ताबूतों से बाहर आ गयी हैं. अच्छा होगा तुम अपने ताबूत में जाकर सो जाओ और मौत से पहले निकलना मत. हमने दफ़नाने का प्रबंध भी वहीँ कर दिया है. मैं एक कील और ठोंके देता हूँ. बेफ़िकर होकर मरो. मैं बेफ़िकर होकर मरना चाहती हूँ. ये मुए सपने न जाने क्यों फिक्रमंद हुए जा रहे हैं.

ये मेरी आलमारी है. इसमें मेरी नाप के कपड़े हैं. हालाँकि मैं अपना नाप आज तक नहीं जान पाई. पांच फीट पांच इंच के कपड़े बनवाती हूँ और आत्मा नंगी दिखाई देती है. उसके लिये कपड़ा ढूंढती हूँ, किसी बाजार में नहीं मिलता. मैं झल्ला के उसे ऐसे ही छोड़ देती हूँ. आसमान में बिखरे कोहरे से ही इसे काम चलाना होगा. इस आलमारी में दूसरों की लाई बहुत सी चीजें हैं, जिन्हें मैंने उनकी जगह बता दी है. वे वहीं खड़ी-खड़ी उँघती रहती हैं. कुछ किताबें हैं मेरे सिरहाने. जिन्हें लाई थी ढूँढकर न जाने कहाँ-कहाँ से. रात होते ही सारे अक्षर उनमें से निकल-निकल अपने छोटे-छोटे क़दमों से कोनों-अंतरों और मध्य तक फ़ैल जाते हैं, जैसे- भूख, गरीबी, नंगी हड्डियाँ, कंकाल, प्रेम, वासना, मोह, शापग्रस्त ईश्वर, क्रांति, विद्रोह, उम्मीद, स्वप्न, गुरजिएफ, बुद्ध, लाओत्से. फिर धीरे-धीरे कुछ शब्द शर्मिंदा होकर छिप जाते हैं और वापस किताबों में जाकर सो जाते हैं. मैं उन सोये हुओं को बार–बार उठाते–उठाते थक जाती हूँ. कुछ दिन पहले मैंने किताब के भीतर जाकर उन्हें उठाया जैसे सोते हुये बच्चे को उठाकर अपने पैरों पर खड़ा करते हैं, उन्हें भी किया. तो भी वे नहीं उठे, लेटे रहे. मैंने उन्हें बार–बार समझाया कि उन्हें अपनी लड़ाई आप लड़नी पड़ेगी. एक बार अस्तित्व में आने के बाद, अस्तित्व में बने रहने के लिए भी संघर्ष करना पड़ता है. अपने होने की कीमत चुकानी पड़ती है, अपना आप देकर. उन्हें समझाते–समझाते बहुत देर हो गयी. मैं किताब के भीतर रह गयी और किताब बंद हो गयी. सारे शब्दों ने मुझे घेर लिया. उन सबने भी, जिनसे मैं भागी-भागी फिरती थी और उनसे भी जिनके लिये मैंने आज तक किसी को नहीं बताया कि इन्हें मैंने ही जन्म दिया है. बिल्कुल उसी दर्द से जिस तरह एक मां देती

है एक बच्चे को ...अतीव दर्द से काँपते. वे निरीह आँखों से अपनी 'जायी' को देख रहे हैं. क्या किया मैंने इनके साथ? ताबूत में बंद कर दिया. इतना तराशना था कि इनसे चिंगारियां उड़ती और उस कचरे को जला देतीं, जो इंसानियत के चेहरे और आँखों पर पड़ा है. ये तो सालों से उस एक हाथ की प्रतीक्षा करते रहे जो जूते-कपड़े-सिर उतार कर आये इनके पास और इनमें तेज भर दे. ये तो बात तक करना भूल गये हैं. उन्होंने मुझे कुछ नहीं कहा, चुपचाप मुझे देखते रहे. मैं न भी कहूँ तो भी ये जाकर अपनी जगह पर चिपक जायेंगे, जैसे मरी हुई तितली सूखे कागजों पर. मुझे वहां खड़े रहना असह्य जान पड़ा तो मैं ऊपर आ आई, जैसे लाश पानी पर तैरती ऊपर आ आती है.

अब मैं किचन में खड़ी कुछ पका रही हूँ. कुछ भी, जो सहज मिल जाये. चीजें कटती-पकती-खायी जाती हैं. कभी–कभी अपना भी एक टुकड़ा काट कर पका लेती हूँ. वे स्वाद लेकर खाते हैं और जूते पहन कर चले जाते हैं, दरवाज़ा बंद हो जाता है. मैं राहत की साँस लेती हूँ. यह वक्त रफ़ू करने का है. मैं आहिस्ता उठकर एक सुई ढूँढने लगती हूँ. बगल वाले घर से कपड़े धोने की आवाज़ आ रही है. एक छोटे बच्चे के चीखने की. कोई गिटार बजा रहा है ... एक उदास धुन.

थोड़ी देर में नल से पानी गिरने की आवाज़ आती है. शायद वह आई है. थोड़ी देर बाद दरवाज़े पर आकर खड़ी हो जाती है. चेहरा और आँखें सूजी हुई.

'देख न बाई ... कई से मारा हमकू रिक्शा वाला ने. हरामी रोज पीता, रोज मारता. मैं कहती ... कर न तेरे कू जो करना है, मारता का्य कू है? कहता है, मजा आता है, जब तू तडफती मेरे नीचे. साला हरामी का पिल्ला.' कहते हुए उसने अपनी धोती ऊपर उठा दी, मैंने उसकी देह देखी. नील पड़े हुये थे. मैं सिहर कर आखें परे कर लेती हूँ. कटे हुए सिले जा सकते हैं, नील पड़े हुए क्या किए जायें. वह रोती जाती है, उसे कोसती जाती है. मैंने उसके सिर पर हाथ फेरा ...

'चल, तुझे चाय बनाकर देती हूँ. कुछ खाकर दवाई ले ले, दर्द कम हो जायेगा.' कितनी दवाइयां हैं इस संसार में, पर दर्द उनसे ज्यादा.

हम दोनों किचन में आये. वह झूठे बरतन उठा उठा कर सिंक में रखने लगी.

'जूठा बरतनइच है हमारा सरीर बाई. हम कमाता, रांधता-पकाता. वो आता ... खाया ... खाया, नहीं खाया ... नहीं खाया. खाता तो हमकूं जूठा छोड़कर चला जाता, नहीं खाता तो बासी पड़ा रहता.'

उसने नल चालू कर दिया, पानी गिरने की आवाज़ आने लगी.

'पन इस बरतन को भी धो के चमका के रखना होता न बाई. मरद के पास भोत बरतन होता. जिसमें पन अच्छा लगता, उसी में खाता. वो नई खाएंगा तो हम किसके लिये रांधेगा?'

मेरा जी किया डाँट दूँ, बार–बार याद दिलाने की जरूरत भी नहीं है. पर अब डाँटने का भी मन नहीं है. चाय बनाकर टेबलेट के साथ उसे दी और खुद बाहर आ गयी. जब तक उसके सामने खड़ी रहूंगी, वह बोलती ही जायेगी. कभी तो मैं न भी खड़ी रहूँ तब भी वह बोलती रहती है, ख़ासतौर पर कपड़े धोते वक्त. सब कुछ साबुन के झाग के साथ नाली में बह जाता है और वह फिर तैयार हो जाती है ... रांधने-पकाने के लिए. मैं भी यही करती हूँ पर किसी दूसरे सोफिस्टकेटेड तरीके से, जो अब इतना सोफिस्टकेड भी नहीं रहा, जितना मैं मानती हूँ.

नौ बच्चे हैं इसके. रिक्शा वाला घर में कुछ देता नहीं. एक मुर्गा ले आता है और कच्ची दारू. कुछ बोटियाँ चूल्हे पर उबलती हैं, कुछ भीतर. उसे होश ही नहीं रहता वह किसे चबा रहा है. हर साल पेट से होती, कसमें खाती, रोती, भूल जाती. आपरेशन के नाम से उसकी रूह कांपती है ... 'काय को बाई. जो देता है, वोइच पालेगा न?' वह ऊपर इशारा कर देती.

'जिस दूसरे घर में काम करती न मैं. एकदम महल सरीखा घर. पन एक भी बच्चा नई. उसकी सास आती मेरे से बच्चे का सूखा नाल मांगने. कहती, मैं मख्खन में डाल के खिलाएगी बहू को.' मैं बोली- खिला, तेरे लड़के में नई ताकत होयेगी तो बहू क्या करेगी बाई. वो बोली, मेरी बहू

की मिट्टी ख़राब, कुछ होताइच नहीं. मैं बोली- बाई, तेरे लड़के को हल चलाना नहीं आता. उसको न थोड़ा प्रेम से हल चलाने का, बरसात का रास्ता देखने का. सब जमीन एक जैसा नहीं होता न बाई. हमारे गाँव में एक बाबा मिट्टी देखकर बता देता, इसमें फसल होएंगा कि नई. लोग दूर-दूर से थैला में भरकर मिट्टी लाता है. सच्ची बाई, वो सूंघ के बता देता. मैं बोली दिखा दे उधर जाकर. वो बोली, मैं अपने लड़के की दूसरी शादी करेगी. मैं बोली- काय को बाई, एक खेत तो संभाल नहीं पाया तेरा लड़का, दूसरा देकर क्या उसकी मौत का सामान इकट्ठा करेगी? एक बात बोलूं बाई, औरत-मरद का रिश्ता बड़ा ख़राब, या तो मरद औरत कू खाता है या औरत मरद को. तुम कित्ताई इच कर लो, कोई न कोई मरेगा.' यह परम सत्य कड़वी गोली की तरह मेरे सामने पड़ा है, जिसे मैं निगलना नहीं चाहती.

वह काम करके हाथ पोंछती हुई बाहर आती है.

'आज खाना नहीं बनाया सबेरे?'

मैंने कोई जवाब नहीं दिया.

'एक दिन की बात है का बाई. कितने दिन नई खायेंगी? अपने कू देखा है आईने में, कैसी हो गयी है? बच्चा पैदा करता है, बाहर भेज देता है. तो तुम्हारा कौन है? तुम तो खुद अपना भी नईं हो सकता. औरत दूसरे के लिये ही जीती हमेशा, अपने लिये तो मरद जीता है.'

'अच्छा अब तू जा.'

'जाती-जाती. अबी जरूर बना लेना.'

मैं बेमतलब टी.वी. का बटन दबाती हूँ. चैनल बदलती हूँ. कहीं कुछ नहीं ...झूठ ... झूठ ...झूठ. हर चीज़ पर धूल जमी है. टी. वी. स्क्रीन ...उसकी बगल में रखे शो पीसेस, फैमिली फोटोग्राफ्स पर भी ... फैमिली फ़ोटोग्राफ़. एक क्षण का झूठ सारी उम्र निभाना पड़ता है. जीवन भर का सच हम कह तक नहीं सकते किसी से. कीड़े की एक किस्म होती है न, अपने लिए मिट्टी का एक घर बनाते हैं, फिर उसी में घुट कर मर जाते हैं. औरत भी यही करती है, घर बनाकर बंदी हो जाती है और पुकारती

95

है ... आओ, मुझे बाहर निकालो. बाहर वाला कभी भीतर नहीं आता. वह कभी निकल नहीं पाती. इंतज़ार चलता रहता है.

बड़े परिवार तो हम गाँव में छोड़ आये...बीस-तीस आदमियों वाले. जहाँ नितांत निजी दुःख सुबह होते ही पांच साल के बच्चे सा बाहर खेलने चला जाता था. शाम को धूल-धुरसित लौटता था ... थका-हारा ... खा-पी के सो जाता था. पल भी जाता था, बड़ा भी हो जाता था, तंग भी नहीं करता ज्यादा. आख़िर में अपने कन्धों पर बैठा आग के हवाले भी कर आता. अभी क्या है ... पति-दो बच्चे. जब तक आपके पास कुछ है, लेते रहते हैं फिर एक दिन बिना बताये चले जाते हैं. बस उनके जाने की देर है, दुःख कमबख्त हड्डियों से आ चिपकता है, रोता रहता है रात-रात भर बेआवाज़, सपनों के पंछी भी शाख पर नहीं उतरते इनके डर से.

जी करता है, किसी से बातें करूँ, कुछ कहूँ, कोई गाना गाऊँ, चिल्लाऊँ, कुछ भी करूँ, भीतर बहुत ठण्ड है, मुझे गर्मी चाहिये. क्या कहा था सुधीर ने एक बार खिड़की का कांच टूटने पर.

'कुछ रिश्ते कांच के टुकड़े होते हैं, किधर से भी पकड़ो, कटोगे तुम्हीं.'

जीवन भर कांच के टुकड़ों के टुकड़ों के सामने बैठने से अच्छा है, काट ही लें खुद को.

सुधीर, आओ लड़ें, एक-दूसरे को काटें, लहूलुहान कर दें. लड़ते रहो तो लगता है एक चिंगारी तो है जीवन में. बिना रगड़ के तो पत्थर भी चट्टान में तब्दील होता जाता है.

मुझे अपनी साँसों की आवाज़ सुनाई दे रही है. नल से टपकती पानी की एक बूंद. बाहर से आती बारिश की अनंत आवाज़ें. दूर जाती बादलों की गडगडाहट. मैं उसके पीछे-पीछे आसमान के आख़िरी छोर तक भागती हूँ फिर वापस आती हूँ. बूँदों की ... पहियों के नीचे दबती मिट्टी की आवाज़. मुझे समझ नहीं आ रहा ये सारी आवाज़ें मेरे नज़दीक आ रही हैं या मुझसे दूर जा रही हैं.

बारिश अभी भी हो रही है. शब्द धीरे-धीरे चुप हो गये हैं. भीतर खूब सारी भूख इकट्ठी हो गयी है. मैं देखती हूँ अलग-अलग अंग में अलग-

अलग शक्ल में. वह कितनी भी शक्लें बनाये, पहचान ली जाती है. क्या उपाय है तुम्हारे अंत का? कि तुम्हें ऐसे ही छोड़ दिया जाये. किसी को मारने का एक ही उपाय है, उसे उसके हाल पर छोड़ दो. कुछ घंटे और. और भूख अपने हाथ-पैर सिकोड़ भूखे कुत्ते की तरह ठंडी हो रही राख के समीप निराश बैठी है.

मैं बाहर आती हूँ. सामने के मकान की दीवारें और ऊँची हो गयी हैं. छत डालने की तैयारी चल रही है. शाम का वक्त है. बचा हुआ काम ख़त्म होने को है. सिगड़ी पर भात पक रहा है. वे पानी की पतली फुहारें दीवारों पर मारते तराई कर रहे हैं. उनकी औरतें उन्हें देखते हुये मुस्करा रही हैं. वे मुस्करा सकती हैं. अपनी समझ को सिर्फ़ वहीं तक रखना, जहाँ तक तुम मुस्करा सको. कूदना नहीं, नीचे कांच है. उनके घर से रेडियो बजने की आवाज़ आ रही है. रात सरकती हुई पास आ रही है. आसमान पर आधा कटा चाँद दिखने लगा है. पूर्णिमा आने में कितने दिन शेष हैं और अमावस आने में और प्रलय आने में? मैं चाहती हूँ प्रलय आये, पानी की लहरें मुझे दूर फेंक दें. मगरमच्छ की खुरदुरी पीठ पर बैठ मैं प्रलय का नजारा देखूं. धीरे-धीरे सूख गयी प्रलय की आकांक्षा. प्रलय करोड़ों सालों में एक बार आती है. मैं जब श्रद्धा थी, मनु ने कहा था, वह अपनी नाव लेकर आयेगा. करोड़ों साल हो गए, वह नहीं आया. अब मुझे अपनी नाव खुद बनानी है.

मैंने करवट बदली. पता नहीं चला, कब रात गुज़र गयी, पता नहीं चला कब दिन गुज़र गया.

मजदूर अपनी झोपड़ियाँ उठा कहीं और चले गये हैं. अब किताबों से कोई आवाज़ नहीं आती. मैं उनके भीतर नहीं जाती. उँघती हुई चीजों को गहरी नींद आ गयी है. मरी हुई तितली के पंखों के रंग सफ़ेद होने लगे हैं. शायद उड़ जाते हों. मुझे नींद में चलने की आदत है. मैं सपनों के द्वार खटखटाने लगती हूँ. आजकल वे दरवाज़ा नहीं खोलते पर भीतर से उनके चलने की आवाज़ आती है. कभी-कभी मैं सड़क से होते हुये दूर निकल जाती हूँ फिर आदतन मेरे पैर वापस हो लेते हैं अपने ठन्डे ताबूत में. मेरी छत मटमैली हो गयी है. भीतर मकड़ियों के जाले ठंडी

हवा में काँप रहे हैं. मेरी हथेलियों से पसीना चूता सख्त होती झुर्रियों में बदल गया. इतनी सलवटों वाली हथेलियाँ मैं नहीं पहचानती.

मैंने रात को रात में झांक कर देखा. बहुत लम्बी रात थी. न जाने कितना अँधेरा बाकी है. अँधेरे में अपनी हथेलियों की सलवटें दिखाई नहीं देती. दुनिया बदलने का सुगबुगाता ख्याल मेरे भीतर सालों से निष्क्रिय पड़ा है. मैं अपने अँधेरे में अनंतकाल से सो रही हूँ. कभी कभी नींद में मुझे किसी के रोने की आवाज़ सुनाई देती है. मैं कहती हूँ- जरा जोर से रो. चिल्ला. बाहर आ. अपनी चीखों को आसमान में इतना गुँजा कि ये चट्टानें सारी टूट जायें. इन्हीं के भीतर एक सोता है. तोड़ दे ... तोड़ दे कारा ... ओ बेसहारा. पता नहीं उसने सुना या नहीं या शायद मैं अपनी नींद में बडबडा रही हूँ. मैं जोर से खुद को हिलाना चाहती हूँ, मैं अपनी नींद का काँच तोड़ देना चाहती हूँ. मैं पूरी ताकत लगाती हूँ. पसीने-पसीने हो जाती हूँ. ये दरका क्या? छन्न.छन्न. ये किसकी आवाज़ है? मैं चौंककर जाग जाती हूँ.

तीसरा कक्ष

दरअसल जो जाना जाता है, बस दो कक्षों की कहानी है. एक में वह खेलती है, दूसरे में खिलाई जाती है. वैसे उन कक्षों में इतनी भी असमानता नहीं. चीजें लगभग एक जैसी ही घटती हैं. सिर्फ हम उन्हें देखते अलग-अलग अंदाज़ में हैं और ती ... स ... रा ... कक्ष. होता वह नहीं जो हम सोचते हैं और जो हम सोचते हैं, वह तो कभी नहीं होता.

कक्ष – 1

[परदा उठता है]

अरे ... रे ... रे ... मेरी छोटी सी बच्ची. देखो ये सारे खिलौने तुम्हारे हैं. ये गुड़िया ... ये बरतन ... ये गुड्डा ... इन सबसे खेलो तुम. देखो, बाहर मत जाना. बाहर बारिश है ... धूप है ... काली आंधी चल रही है ... लोग मर रहे हैं सड़कों पर ... बाहर भीड़ है और भीड़ अंधी होती है. धूप सख्त है, पसीना आ जाएगा. बारिश में मत भीगना, सर्दी लग जाएगी. बाहर अँधेरा है, अँधेरा खतरनाक होता है. सड़कें बिल्कुल सुरक्षित नहीं है. भाई के साथ मत खेला करो. ये लड़के बड़े बदमाश होते हैं. इनसे तो तुम दूर ही रहो. तुम्हारी फ्राक छोटी है. घुटनों के नीचे तक पहना करो. अपनी मां का कहना मानो. तुम्हें उन्हीं की तरह बनना है. अच्छी बच्ची बनकर दिखाओ. दिखाओगी न?’

मैं मना नहीं करती. मैं किसी बात के लिए मना नहीं करती. मुझे अच्छी बच्ची बनना है. मुझे पापा का हर कहना मानना है. मैं वहां नहीं जाती, जहाँ मुझे जाने के लिए मना किया जाता है, वे जो कहते हैं, ठीक कहते होंगे. बस कभी-कभी मैं भाई के खिलौने तोड़ देती हूँ. वह रोता है तो मुझे तरस भी आता है, मज़ा भी. बारिश होती है तो मां की आँख बचाकर

आँगन में दौड़ जाती हूँ. खूब दोपहर में जब घर के सारे लोग सो जाते हैं, छत पर धूप में पसीना-पसीना होकर देखती हूँ. नंगे पैर चलती हूँ. तलवे जलते हैं तो मुझे असीम शांति मिलती है. रात सबके सो जाने के बाद मैं सबकी नज़र बचाकर बाहर सड़क के अँधेरे में आ जाती हूँ. यहाँ शांति है. हवा की सरसराहट है. सुखद अहसास है. रोशनी के धब्बे हैं. टैक्सी वालों की आवाजें हैं. नहीं, कोई नहीं जान पाता. सब समझते हैं, मैं बेसुध सो रही हूँ पर क्या जब कोई सो रहा होता है, सचमुच सो रहा होता है.

'सुनो, इधर आओ. उधर क्या रखा है? किताबों में सारा दिन सिर मत दिए रहो. कुछ और भी सीखो. मेरा हाथ बंटाओ. सारा दिन मैं ही क्यों खटती रहूँ घर में? क्या कोई मेरे बारे में भी सोचता है, सब अपने बारे में सोचते हैं. कुछ सीखो. यही सब काम आने वाला है. अपने आपको देखो, कैसा कद निकल आया है और धींगड़ों की तरह मस्ती करती रहती है. चलती है तो फर्श पर धप-धप की आवाज़ आती है. ऐसे चलो कि खुद तुम्हें भी खबर न हो. चीजों को ऐसे पकड़ो, ऐसे रखो, आँखें झुका कर रखो. और ऐसे दीदे फाड़-फाड़ कर कौन देखता है, जानती हो? औरत का गहना है- शर्म. [अब गहनों का क्या है, किसी के भी बना दिए जाते हैं. शर्म, हया, सुन्दरता, अदा, मुस्कान, हँसते हुए गले में उभरी नस, लंबे-लंबे नाखून, वगैरह-वगैरह.] जो हो, वही बनकर रहो. टी. वी. देख-देखकर तुम्हारा दिमाग ख़राब हुआ जा रहा है. तुम नहीं जानती इसके पीछे का सच. ये जो हंसती-गाती लड़कियां नज़र आती हैं, कभी कम, कभी और भी कम कपड़े पहने हुए, इन्हें कोई अच्छा नहीं समझता. चरित्र ख़राब हो चुका है इनका. इनमें और हममें बहुत फर्क है. मुझे देखो, क्या कोई मेरे बारे में ऐसी बात कर सकता है? किताबों और फिल्मों से ज्यादा बड़े झूठ कहीं नहीं दिखाए जाते. ये एक सपनीला झूठ हैं, जिसे लड़कियाँ अपने चारों ओर बुनती हैं और अपना जीवन नष्ट कर लेती हैं. सच तो यही है, तुम जो हो, तुम्हें वही बनकर रहना है.'

ठीक कहती है माँ. मैं जानती हूँ इन किताबों में कुछ नहीं रखा, ये सिर्फ सपने दिखाती हैं और सपने? सपने क्या पूरे होने के लिए होते हैं? मैंने अब तक तो जाना नहीं. मेरा कद भी तो कैसा निकलता जा रहा है? मैं

सच में सुन्दर भी तो नहीं दिखती. क्या होगा मेरा? पर मुझे ये क्या होता जा रहा है? मन में कैसे-कैसे ख्याल आते हैं? ये कैसा तनाव है मुझमें कि जी चाहता है, कोई मुझे सख्ती से अपनी बाँहों में भरकर तोड़कर रख दे. ये दुनिया कितनी नई और अजनबी हो गई है मेरे लिए? ये जो खिलौने थे कल तक मेरे लिए. क्या मात्र खिलौने ही हैं? जब ये गुड़िया निकलती है हाथ में वरमाला लेकर तो इसके क़दमों से कौन लिपटा होता है, ये तुम क्या जानो माँ? पर क्या तुम सचमुच कुछ नहीं जानती? मैं ये किताबें न भी पढ़ूँ तो क्या सपने सिर्फ किताबों से आते हैं? ये जो टूटकर आसमान से बिजली गिरती है, ये जो हवा पेड़ों से लिपट-लिपट कर सीटियाँ बजाती है, ये जो झरना मेरी धड़कनों की तरह शोर करता है और ये अकेली चिड़िया चीख-चीख कर सारे जंगल को अपने सिर पर उठाए घूमती है, इस सब का अर्थ तो मैं न तुमसे पूछ सकती हूँ, न तुम मुझे बताओगी और मां, क्या कभी ऐसा होगा कि मैं इस शर्म को फटे-पुराने कपड़े की तरह अपनी देह से उतार कर फेंक सकूँ. इसके रहते कुछ भी ठीक-ठीक दिखाई नहीं देता और अब देखो न, ये कपड़ा तो तुम्हारे भी तन पर पड़ा हुआ है फिर भी तुम पूरी की पूरी दिखाई दे रही हो. और तुम पीढ़ियों से इसकी अनिवार्यता सिद्ध करने पर तुली हुई हो? पर अब लो, तुम कहती हो तो मैं इस चीथड़े को पहने लेती हूँ. इससे तो बड़े आराम से आर-पार हुआ जा सकता है, क्या तुम नहीं हुई कभी? नहीं-नहीं, मैं कुछ नहीं पूछती. प्रश्नों के सही उत्तर हमारे लिए नहीं हैं और बने बनाए उत्तर तो हर रोज़ मुझे मिल ही रहे हैं, अक्सर लिखे हुए. उनका क्या?

कक्ष – 2

[परदा उठता है]

'ओह, तुम कितनी अच्छी हो? मैं कभी सोच भी नहीं सकता था कि किसी एक औरत में इतना सौन्दर्य हो सकता है? तुम्हारी देह से पके अंगूरों की महक आती है. कैसे आ समाया है इतना सब-कुछ तुममें? तुम्हारी आँखें, तुम्हारे होंठ, तुम्हारे वक्ष, तुम्हारी समूची देह. दिन और रात के अलग-

अलग समयों में अलग-अलग जादू बिखेरती है. देखो. मेरी आँखों में देखो. तुम्हें अभी और तराशूँगा मैं फिर तुम बिल्कुल वैसी ही हो जाओगी, जैसी मैं चाहता हूँ. देखो, मेरी बायीं ओर चलती तुम कितनी सुन्दर लग रही हो. और ये देखो मैं तुम्हारे लिए क्या-क्या लाया हूँ. लिपस्टिक, नेलपालिश, गाल पालिश, शैम्पू साड़ियाँ, गहने और ये जो घर है न, इसे वैसा ही सजाओ, जैसा मैं चाहता हूँ. इसी सब से किसी पुरुष की समाज में पहचान बनती है.

और ... और ये लो बच्चा. तुम कितनी खुशकिस्मत हो, तुम्हारी गोद भर दी मैंने. क्या नहीं दिया मैंने तुम्हें? इतना भी कितनों को मिलता है? अपने आसपास देखो, है कोई तुम्हारे जैसी? देखो, ये बच्चा बिल्कुल मुझ जैसा है, मेरा ही वंशज. अब तुम सम्पूर्ण हुई. पर देखो, मुझे मत भूल जाना. मैं भी हूँ, अच्छा.'

नहीं-नहीं, तुम्हें कैसे भूलूंगी? भूल तो मैं खुद को गई हूँ. हाय, जब मैं छोटी थी तब भी मेरी गोद में खिलौना था, अब बड़ी हो गई हूँ, अब भी मेरी गोद में खिलौना है. खिलौना? नहीं-नहीं, यह तो मेरा बच्चा है. कैसी बातें सोचती हूँ मैं भी. अब इसी को संभालना मेरा कर्तव्य है. कर्तव्य? इसके सिवा भी मैंने जाना है कुछ? कुछ भी नहीं बदला मेरे लिए और मैं इतनी बड़ी हो गई. और अब ये क्या होता जा रहा है मुझे? मैं क्यों तुम्हारे आईनों में अपना चेहरा देखने से इंकार कर रही हूँ. हाँ, मेरी आँखें खूबसूरत हैं पर मेरी हैं. इनसे वही देखना चाहती हूँ, जो मुझे अच्छा लगता है. ये जिस्म मेरा है... जो मैं कहूँगी वही यह करेगा ... पर क्या ऐसा होता है?

अब देखो न, हमारे लिए सुख कोई और चुनता है, हम ले लेते हैं. दुःख कोई और चुनता है, हम ले लेते हैं. हम किसी और के आईने में अपना चेहरा देखते हैं. 'तुम्हारे वक्ष सुन्दर हैं, पर मेरे हैं,' वह कहता है, हम मान लेते हैं. अपनी देह से हमारी पहचान कोई और कराता है. कहाँ देखी है मैंने अपनी देह आज तक? कपड़े उतार कर अगर आईने के सामने खड़ी हो जाऊँ तो पहचान पाऊँगी खुद को? आईना उसके पास है. आईना उसका है. आईना वह खुद है. बदलता है वह, बदलते हैं हम.

102

उसने तय कर रखे हैं हमारे लिए नियम. वह हमें कपड़ा पहनने के ढंग सिखाता है, अच्छा लगने के ढंग सिखाता है. वह हमें हमारी जगह दिखाता है. कहता है, बैठ जाओ. हम बैठ जाते हैं. अब देखो न, उसने मुझे पूरा तराश दिया है और अब कहता है – 'देखो मैंने तुम्हें क्या से क्या बना दिया'. सचमुच? क्या वह जानता है, क्या और कितना तराशा जा सकता है? ये जो रोज़ सुबह सूरज का गोला निकलता है, तरतीबवार होता है? या ये जो बारिश होती है, हवा चलती है, मन उड़ा-उड़ा रहता है. कुदरत में कुछ भी तराशा नहीं गया. इसीलिए इतना सुन्दर है सब कुछ? देखो, मैंने आज तक अपने बारे में कुछ नहीं सोचा पर क्या सचमुच कुछ नहीं सोचा? अब सारी सच्चाइयाँ तो किसी से कहीं नहीं जा सकतीं. फिर? मैं कैसे कहूँ और क्यों?

कक्ष – 3

[परदे के भीतर]

देखिए, अधिक से अधिक आप दो कक्षों के दरवाजे खोल सकते हैं, तीसरे के कभी नहीं. अब ऐसा नहीं कि हम इस कक्ष के बारे में कुछ नहीं जानती, खूब जानती हूँ. अरे, यहीं तो हम जीती हैं. पर हमारे यहाँ तो अपने बारे में सोचना इतना बुरा है कि सोचा हुआ कह भी नहीं सकते. अच्छा बताओ, जो बात किसी एक के लिए सही है, दूसरे के लिए गलत कैसे हो सकती है? अब देखो न, मैं चाहकर भी बुरी नहीं बन सकी. तो क्या मैं बुरी नहीं हूँ? हूँ तो, पर क्या करूँ? तुम्हें ही मुझमें देवी ढूँढने की आदत है तो मैंने भी बनने की लगा ली. अब मैं जो बनना चाहती हूँ, बनकर दिखा दूंगी तो तुम्हीं दिक्कत में पड़ोगे न? मैं तो संस्कार वश ऐसी रह गई नहीं तो? और अब जबकि संस्कार भी शर्म की तरह फटे कपड़ों से मेरे जिस्म पर झूल रहे हैं तो तुम्हीं बताओ, मैं कितनी देर इनमें रह सकती हूँ? जब तक मैं चाहूँ बस. मेरा जीवन इन्हीं चार अक्षरों पर टिका है, 'जब तक मैं चाहूँ'. जिस दिन मैंने ही न चाहा, क्या कोई भी रोक सकेगा. अब ये कक्ष ... तीसरा कक्ष ...

वास्तव में कक्ष नहीं है यह. एक लंबी अंधेरी सुरंग है. बरसों का बहता काला पानी. दीवारों और छतों पर लटकती जाने कितनी नामालूम चीज़ें. और प्रत्येक चीज़ का लंबा इतिहास. अब इस सबके पीछे तो नहीं जाया जा सकता न?

और यह सुरंग, जो आगे चलकर एक नदी की शक्ल अख्तियार कर लेती है. नदी, जो कहीं जाती नहीं लगती पर कहीं न कहीं जाती जरूर है. इसका सड़ांध मारता पानी, ऊपर जमी हरी काई, गहरा और गंदा दलदल और उस दलदल में खिले कुछ कमल के फूल, अब हम जितनी गहरी डुबकी लगाएंगे, धँसते जाएंगे. क्या कहा, मैंने? हाँ, लगाई है डुबकी कई बार. धँसी हूँ कई बार पर सच कहती हूँ, हर बार खाली हाथ वापस आई हूँ.

एक बार मैंने सोचा, इस सुरंग की गहरी काले पानी की इस नदी के दूसरी तरफ जाया जाए. देखें तो क्या है उस पार? मैंने अपना तमाम जीवन नासमझियों में गुज़ारा है पर अब चाहती हूँ, कुछ जानूं वह क्या है जो ...? और मैं इसमें उतर गई. उतरकर उस पार चली गई और फिर वापस नहीं आई. और ये जो मैं बोल रही हूँ. अब छोड़िए न, सारे राज़, ज़रूरी है खोले जाएं और अब तुम ऊपर ही रहना, समझे? यह द्वार मैं तुम्हारे मुँह पर बंद करती हूँ.

जहाँ कोई नहीं जाता

वह बड़ी देर से दरवाज़ा खटखटा रहा है ... अनवरत ... लगातार. एक अजीब सी बेहिसी और व्याकुलता के साथ. वह जब भी आता है, इतने ही अधैर्य से आता है. वह जानती है सब के अपने-अपने आने के ढंग होते हैं. कोई खुले दरवाज़े को देर तक खटखटाता है, कोई बंद दरवाज़ों को धकेलता चला आता है, कोई सकुचाया सा द्वार पर खड़ा रहता है और हँसते-हँसते बेतकल्लुफ हो जाता है. उसने हमेशा चाहा है, वह उस वक्त आए जब वह सीप की तरह खुली होती है, एक बूँद के इंतज़ार में. उस पल वह नहीं आता, सीप बंद हो जाती है फिर नहीं खुलती. फिर कितना भी बरसो, क्या फर्क पड़ता है?

उसे उसका न आने का ढंग पसंद है, न जाने का. जिस तरह बेतरतीब वह आता है, उसी तरह अस्तव्यस्त वह चला भी जाता है, बिना चीजों को करीने से लगाए. उन्हें उसी हालत में छोड़कर. इस्तेमाल हो चुकी चीजों की उसकी नज़र में कोई अहमियत नहीं होती. सिगरेट के धुएँ के उस पार से उसे वे चीजें धुँधली दिखाई देती हैं. चीजों से उसका एक सी पहचान का रिश्ता बन गया है. जैसे हम रोज़ बाज़ार जाते हैं. शो केस में सजी चीज़ों को पहचानते हैं और उन्हें खरीदकर घर लाते हैं तो हमें वे उतनी नई नहीं लगतीं. वैसे भी दुनिया की सारी चीज़ें इतनी ज्यादा और इतनी बार दिखाई और समझाई जाती हैं कि उनमें से रहस्यमयता का सुख खो जाता है, पर रोमांच भी सब को प्रिय नहीं होता. अँधेरे में छलांग लगाने से लोग डरते हैं. वह भी डरा था और वापस आ गया था.

उस बार ऐसा ही हुआ था. वह अपनी दुनिया से बाहर खड़ा था- बहिष्कृत, शापग्रस्त. और वह अपनी दुनिया के भीतर निर्वासित. वे

हमेशा एक-दूसरे को ऐसी जगहों पर खोजते रहे हैं, जहाँ उनके होने की संभावना नहीं होती. वे खुद से बाहर एक-दूसरे को खोजते हैं और निराश होते हैं.

उस दिन उसने अपनी आत्मा के गहन अंधकार और सन्नाटे में उसकी आवाज़ सुनी और जोर से कहा – 'चले आओ'. उसने नहीं सुना. उसने शब्द के भीतर से उसे पुकारा था और वह बाहर खड़ा था. पहले उसे लगता था, वह अनसुना कर रहा है. फिर लगा, नहीं, उसे समझ में ही नहीं आता. उसे कोई दस्तक, कोई आवाज़ समझ में नहीं आती सिवाय देह के और देह के भी वही शब्द समझ में आते हैं, जिन्हें वह रोज़मर्रा की जिंदगी में ओढ़ता-बिछाता है.

पर उस दिन उसने उसकी ये सारी बातें नकारते हुए सीपी खोल दी थी. उस दिन उसने तय कर लिया था, आज उसे अपने अंदर की दुनिया में ले जाएगी, जहाँ की अद्‌भुत, रोमांचकारी ख़बरों, सोचों और सपनों से वह भी कभी-कभी स्तब्ध हो जाती है. अपने अंदर के शहर की उन गलियों में वह हजारों बार घूमी है – अकेली और वह हर चीज को हैरानी से देखती हुई सोचती कि कोई होता, जिससे वह कुछ कह सकती.

फिर उस दिन उसने उसका हाथ पकड़ा और अपने अंदर की सीढ़ियां उतरने लगी. वह आश्चर्य से उसका हाथ थामे उसके साथ उतरने लगा. एक अजब से रोमांच की जकड़न उसके लहू को गर्म किए दे रही थी और वह पहली बार उस शहर की सीढ़ियां उतरा, जहाँ की गलियाँ, चौबारे, पगडंडियां, खेत-मैदान और पहाड़ सब उसके लिए अजनबी थे. उस शहर का एक हिस्सा तेज रोशनी से सराबोर था और एक हिस्सा अँधेरे में डूबा था. उसने उसे बताया वह पहले रोशनी वाले हिस्से देख ले फिर वह उसे अज्ञात और रहस्यमय हिस्सों में ले जाएगी. जहाँ वह खुद सालों साल भटकती रही है. न सिर्फ भटकी है, ज़ख़्मी भी हुई है. पर वह जब भी वहां से वापस आई है, खाली हाथ नहीं आई है. उसने बताया कि वहां से कोई खाली हाथ वापस नहीं आता. जो भी मिलता है, इतना बेशकीमती कि नाज़ करने को दिल करता है. और ये जो रोशनी वाला हिस्सा है, बिल्कुल अपना है. इसे तो वह देखते ही पहचान जाएगा. उसने

गहरी उत्सुकता, जिज्ञासा और झिझक के साथ उस शहर की ज़मीन पर पहला कदम रखा – वहां छोटी-छोटी इच्छाएँ, चाहतें, छोटे-छोटे कौतुक, छोटी-छोटी खुशियाँ, हसरतें, छोटे-छोटे गुस्से, नाराज़गियाँ, लालसाएँ, सपने, द्वंद अपनी धुन में मस्त झूम रहे हैं, चाबी भरे खिलौनों की तरह. सब-कुछ अजब सी गहमागहमी से भरा. उसने हैरत से वह सब देखा ...

'ये चाबी भरे खिलौने जैसे लगते हैं.'

'सोचो तो, हैं भी.' वह हँसी.

'कौन भरता है इनकी चाबी?'

'मैं.' वह खिलखिला उठी थी.

'क्यूँ? क्या अर्थ है इनका?'

'जीने के लिए जरूरी होते हैं ये और ये मत समझो. ये मेरे ही अंदर हैं. तुम्हारे भी अंदर हैं, तुम जानना ही नहीं चाहते.'

'जानने से क्या होता है?'

'फिर अपने आपसे डर नहीं लगता.'

वह चुप हो गया. उसे बहुत सी बातें समझ में नहीं आतीं. उसे वह बड़ी रहस्यमय लगती है कभी-कभी. पर फिर न जाने किस आकर्षण से बंधा चला आता है बार-बार. पर इससे पहले वह इस तरह उसे इतना अंदर कभी नहीं ले गई. वह उसे हमेशा कहा करती थी ...

'अंदर मेरी दुनिया है, बाहर तुम्हारी. हम बार्डर पर मिल सकते हैं. दोनों का अहम बचा रहता है इससे.'

उसे तब भी समझ में नहीं आया था अंदर-बाहर क्या? मिलना तो मिलना होता है.

'नहीं, मिलना सिर्फ मिलना नहीं होता.' और वह फिर लगातार अपने उन ख़ास शब्दों और ख़ास शैली में जो कहती गई थी, उसे सुनकर उसे लगा था, अब चुप रहने में ही भलाई है.

उसने अपने चारों तरफ देखा – हर चीज इतनी और इस तरह फैली हुई थी कि आप किसी को नहीं समेट सकते. जैसे – हवा, पानी, धूप, बारिश

या रेत के लम्बे और अंतहीन सिलसिले या समंदर का अपरिमित विस्तार. कैसे थाह ले सकता है इनकी कोई? वह उसका हाथ पकड़े अपने में डूबी चल रही है. बिना ज़मीन पर पैर टिकाए हवा में और वह घबरा रहा है. जिधर भी पैर रखता, मानो हवा में रख रहा हो. इतनी तेज़ हवाएँ, ऐसी ठंड कि उसकी कंपकंपी छूटने लगी. पग आगे बढ़ाना दूभर हो गया. उसने उसे देखा. वह मज़े से चल रही है – खुश. एक गहरे सुकून से भरी.

वह हाँफने लगा. नहीं, अब नहीं चला जाता. हर पग आगे रखते ही उसे लगता किसी गहरी खाई में वह अब गिरा, तब गिरा. एक गहरा आतंक और हताशा उस पर हावी होने लगी. नहीं, इतना 'रिस्क' वह नहीं ले सकता. क्यों ले? जरा से रोमांच के लिए? उसने उसे देखा.

'लौट चलें?'

वह ठिठक गई. हैरानी से उसे देखा – उसका सारा वजूद धुआँ-धुआँ हो रहा था. किसी भी वक्त उसका वजूद उस शहर की हवाओं में खो सकता है.

'थोड़ी दूर ... फिर तुम अपने को भूल जाओगे, तुम खो जाओगे इन वादियों में.' उसने उसे हिम्मत बँधानी चाही.

'पर मैं खुद को खोना नहीं चाहता, मुझे जाना है.' उसने उसका हाथ छोड़ दिया और वापसी के लिए दौड़ पड़ा.

वह चुपचाप उसे जाता हुआ देखती रही. न उसने उसे रोकने की कोशिश की, न उसके पीछे दौड़ी. यहाँ आने के बाद वापस जाना उसे मुश्किल लगता है. वह यहाँ खोना चाहती है, पाना चाहती है. अकेली नहीं. किसी के साथ. अकेला सुख उसे छोटा लगता है. वह विस्तार चाहती है, दुनिया की हर खूबसूरत चीज की तरह. खुशबू हरियाली, हँसी, धूप, बारिश, ये जब आती हैं तो किसी को नहीं छोड़ती. वह अपने निस्सीम विस्तार में खोना चाहती है किसी के साथ. सृष्टिदाता ने जब सृष्टि की रचना की होगी तो इसी अकेलेपन से घबराकर.

वह चला गया और वह अपनी सृष्टि में अकेली रह गई. उसने अपने चारों ओर देखा – छोटे-छोटे खिलौनों की चाबी ख़त्म हो रही थी. उनकी गति मद्धिम हो रही थी. नहीं, सब के बावजूद ये रहेंगे. उसने उनमें फिर चाबी भरनी शुरू कर दी. कोई न कोई जरूर आएगा यहाँ, जो इस सब को पहचानेगा, तभी मुझे पहचान पाएगा. उसने अपने अँधेरों की ओर देखा –

यहाँ कोई नहीं आएगा. जिन्हें रोशनी से डर लगता है वे तो कभी नहीं. प्रतीक्षा करो तुम सब, जिस तरह मैं कर रही हूँ.'

और वह तैरकर अपने वज़ूद से ऊपर आ गई थी.

आज वह फिर आया है. क्यों आया है, जब उसे डर लगता है? बार्डर पर मिलने के लिए? उसने दरवाज़ा खोल दिया है.

'क्या चाहिए?'

'तुम.'

'मैं यहाँ नहीं रहती.'

'कहाँ रहती हो?'

'जहाँ कोई नहीं जाता.'

वह लौट रहा है. नहीं, वह लौट नहीं रहा, वहीं खड़ा है प्रतीक्षा में.

उसने दरवाज़ा बंद कर दिया और नीचे उतर गई. नहीं वह उतरी नहीं है अभी, उतरने की प्रक्रिया में अधूरी खड़ी है.

उससे पूछो

'सुप्रसिद्ध कवि-साहित्यकार, आलोचक श्री संजय मूर्ति को इस वर्ष का साहित्य अकादेमी पुरस्कार उनके नये कविता संग्रह 'उससे पूछो' पर दिया जा रहा है. भास्कर समूह की ओर से उनको अनेक बधाइयाँ.'

इस छोटी सी खबर पर न्यूज़ पेपर पलटते हुये मेरी दृष्टि अनायास पड़ती है. मेरे भीतर कुछ ठहर सा जाता है.

'उससे पूछो

उसकी आवाज़ मेरी आवाज़ में मर्ज क्यों है

मुझसे नहीं

उससे पूछो

मेरे मौन में क्यों गूंजती है वह एक धुन की तरह.'

पंखे की हवा में फडफडाते न्यूज़ पेपर को मैं अपनी हथेली से दबाए बैठी हूँ. मैंने अपनी हथेली हटा ली, वे फडफडाते हुए इधर-उधर बिखर गए हैं. उनके शब्दों की तरह. जिन्हें किसी वक्त तो मैं सहेजकर रखती थी और किसी वक्त उड़ जाने देती. यूँ ही हवा में बेमतलब.

'शब्दों का नसीब सिर्फ़ उनकी पहचान से बदल सकता है, आपको कभी इनकी व्यर्थता का आभास होता है?'

'अक्सर ... जब ये सही कानों तक नहीं पहुँचते.'

'तब आप क्या करते हैं?'

'कुछ नहीं. उम्मीद के साथ धैर्य से प्रतीक्षा करता हूँ. औरों की तरह एक कवि भी यही चाहता है. शब्द किसी मंत्र की तरह उसके अन्तःस्थल से

110

उठे और दूसरे की आत्मा का स्पर्श करता हुआ उसके मर्मस्थल तक पहुंचे, पर ऐसा हमेशा तो नहीं हो सकता.'

कहते-कहते उनके चेहरे पर किसी सोच की परछाई उतर आई थी.

जब वे पहली बार आये थे हमारे शहर में. तब हमारा किसी ने बस परिचय करवाया था समूह के साथ. मैंने तुरंत अपने बैग से उनका कविता संग्रह निकाला और उनके आगे कर दिया, आटोग्राफ के लिये. किंचित हैरानी से उन्होंने मुझे देखा, आटोग्राफ देने से पहले सिर से पैर तक.

'आपका नाम पूछ सकता हूँ?'

मेरे लम्बे कद की वजह से उन्हें अपना चेहरा जरा सा उठाना पड़ा था.

मैंने जरा सा झुकते हुये उन्हें अपना नाम बताया, तो उन्होंने बड़े-बड़े शब्दों में पहले मेरा नाम, उन्हीं की कविता की दो लाइनें फिर अंत में अपने हस्ताक्षर कर दिये. कुछ ही शब्द थे पर पूरा ख़ाली पेज भर गया था, मैंने जब यही बात उनसे कही तो वे मुस्करा दिये.

'आपको क्यों पसंद हैं मेरी कवितायेँ?' किताब लौटाते हुये उन्होंने पूछ लिया था.

मैं अचानक गड़बड़ा गयी, अटकते हुये कहा. 'आपकी कविताओं में एक राग होता है, आलाप या धुन कुछ भी कहें. मैं इन्हें पढ़ती हूँ तो मुझे लगता है मैं गा रही हूँ. ये हमें उन जगहों पर ले जाती हैं, जहाँ से हमें अपनी हकीक़त दिखाई नहीं देती या दिखाई भी देती है तो उन्हें अनदेखा किया जा सकता है.'

'यह तो हकीक़त से पलायन हुआ.'

'कोई जरूरी तो नहीं इसे इसी तरह कहें. फिर भी यह मेरा सच तो है ही. मैं इनकी शरण में इसलिये जाती हूँ क्योंकि मुझे अपनी हकीक़तों से डर लगता है.'

'आपके जैसी खूबसूरत लड़की की हकीक़त खूबसूरत होनी चाहिये, ऐसा मैं सोचता हूँ.'

'मैं भी यही सोचती थी.' मैंने तुरंत कहा और हम हँस पड़े थे.

'कविता एक नई दुनिया रचती है हमारे लिये. हमारी जानी-पहचानी दुनिया से अलग-अनोखी नई लगभग एतबार न करने लायक. फिर भी हमें सबसे ज्यादा यकीन उसी पर आता है. वही सबसे ज्यादा अपनी लगती है. वहीँ तक पहुँचने की जद्दोजहद हम हर वक्त करते हैं. वह हमारे भीतर कुछ बदल देती है. चीजें वही होती हैं पर किसी दूसरे रंग में दिखने लगती हैं. अब आप इसे वास्तविकता का रंग कहें या ...' मैं खुद को आहिस्ता-आहिस्ता कहने की कोशिश करती हूँ. अपने आसपास की निरर्थक सच्चाईयों से ऊबे हुये हम कितनी गहरी ललक से उस दूसरी दुनिया की ओर ताकते हैं, जो एक कविता या प्रेम हमारे लिये रचते हैं.

'वास्तविकता का कोई रंग नहीं होता. वास्तविकता सूरज की रौशनी की तरह साफ़ और नंगी होती है. हम ही उसे तरह-तरह से ढँकने की कोशिश करते हैं.' उन्होंने मुस्कराते हुये कहा.

'यू आर राईट. पर उतनी साफ़ और नंगी सही भी तो नहीं जाती. सहने के लिये उस पर कोई रंग चढ़ाना जरूरी लगने लगता है. हो सकता है कविता उस पर रंग चढाने का काम करती हो.' मैं धीमे से हंस पड़ी और उनकी आँखों में देख कर कहा ...

'इस नन्हीं सी कविता पर मैं इतना बोझ भी क्यों डालूं? यह बस है. अपने होने में सहज-सुन्दर, रौशनी के एक टुकड़े की तरह. आप चाहें तो इसके नीचे आकर खुद को देख सकते हैं. वह ऐतराज नहीं करती. न चाहें तो भी कोई बात नहीं, उससे उसका होना कम नहीं होता.'

'यू आर जीनियस.'

'आय एम् नाट अ जीनियस. मोस्ट आर्डिनरी गर्ल आय एम्. अभी तो मैं बस अपने पैरों के नीचे बिछे रास्ते को पहचानने की कोशिश कर रही हूँ.'

'देख लीजिये, कोई खड़ा तो नहीं किनारे पर?'उन्होंने शरारत से कहा था.

'खड़ा तो है पर वह रास्ते पहचानने में मेरी मदद नहीं करता. वह कहता है, जिसे चलना है, ढूँढना भी उसे ही होगा.'

'यह तो उसकी जिद है.'

'पता नहीं. और मैं जिद से टक्करें नहीं मारती.' मैं फिर मजाक के मूड में आ गई. वे भी हँस रहे थे.

तब तक उन्हें मंच पर ले जाने को कुछ लोग निकट आ गये थे और मैं वहां से हट गयी थी.

प्रोग्राम शुरू हुआ. अध्यक्ष बने वे मंच पर ही बैठे रहे. पूरे तीन घंटे मैं दूसरों को सिर्फ़ इसलिये सुनती रही कि अंत में वे बोलेंगे. इस वक्त याद नहीं क्या कहा था उन्होंने पर अपने चुटीले अन्दाज़ में सबकी खिंचाई करते हुये बहुत बार हँसाया था श्रोताओं को. पीछे वालों ने जो बोरियत भर दी थी माहौल में. उसे वे काफ़ी हद तक दूर करने में सफ़ल रहे थे.

प्रोग्राम ख़त्म होते ही वे एक बार फिर अपने प्रशंसकों के झुण्ड से घिर गये. क्या सोच सकता है एक आदमी अपने मनचाहे मुकाम तक पहुँचने के बाद, क्या महसूसता होगा? एक गहरी आत्मसंतुष्टि का भाव या कुछ छूट गये की कसक. क्या 'यह' ठीक वही है जो उन्होंने चाहा होगा. क्या ठीक 'वही' कुछ होता है या हम मान लेते हैं क्योंकि अब जो इतनी दूर आ गये हैं तो क्या किया जाये? वक्त मिला तो पूछूंगी उनसे. पर उस दिन तो नहीं मिल पाया था मनचाहा वक्त. उन्हें व्यस्त देख मैंने चुपचाप खिसक जाना ही मुनासिब समझा और मैं लौट आई अपनी चार कदम इधर ... चार कदम उधर वाली दुनिया में.

इसके बाद हुआ बस इतना था कि मैंने एक ख़त लिखा था उन्हें साधारण सा. उनका जवाब भी आया, जिसमें मुझ जैसे फूल को हमेशा मुस्कराने की सलाह दी थी. मैंने वह ख़त संभालकर रख लिया था स्मृति की फ़ाइल में. अपनी-अपनी दुनियाओं में लौटते समय हममें से किसी को यह अंदाज़ा नहीं था कि आने वाले दिनों में क्या होने वाला है?

फिर वे दूसरी बार आये थे. अपनी बेकारी के दिनों को खुशगवार बनाने और व्यर्थता बोध को कस-कसकर पोंछने की कोशिश में मैंने रेडियो

अनाउंसर की नौकरी कर ली थी. वे आये थे पाँच साल बाद. नहीं लग रहा बीता हुआ कुछ भी, लग रहा है जैसे मैं बस अभी को ही जी रही हूँ.

उनके आने की खबर समूचे शहर से होती हुई रेडियो स्टेशन पर भी पहुँच गयी थी और हमने उन्हें इन्टरव्यू के राजी कर लिया था.

'आख़िर पात्रता भी तो आवश्यक चीज़ है.' मैंने उन्हें किसी दुविधा से निकाला था.

'एग्जेक्टली ... और उसके अभाव में वे कूड़ा हैं.'

'आपको कभी लगता है, एक दिन ये नहीं रहेंगे या रहेंगे तो इस रूप में नहीं. क्या आपको किताबों का भविष्य अंधकारमय दिखता है?'

'जब तक मनुष्य है, ये जीवित रहेंगे. दरअसल ये किसी दूसरे को नहीं, हमें खोलते हैं. हमारा दर्द, हमारा रहस्य, हमारे अँधेरे, हमारी यातना. दूसरा इनकी रौशनी में अगर अपने दर्द, रहस्य, अंधेरों और यातनाओं की झलकियाँ देख पाता है तो वह उसका सुख है. शायद तभी बार-बार मनुष्य शब्दों के आलोक में आता है. अपने अंधेरों से घबराकर. लिखे गये शब्द भविष्य की निधि हो जाते हैं. जब भी आगे कभी हम उन्हें पढेंगे, सूत्र वाक्यों की तरह, तो उनका वह अर्थ समय के साथ इस कदर बदल जायेगा कि आप उसके नये आलोक में फिर कोई अलग-अनूठा सत्य पा लेंगे.'

'तभी मनुष्य ख़त्म हो जाता है, शब्द जीवित रहते हैं.'

'हां, पर जिन्दा उन्हें मनुष्य ही रखता है. ये मनुष्य की चेतना में उतने ही सजीव रहते हैं, जितने उसके अनकांशयस या सबकांशयस में. दिखें न दिखें इनकी यात्रा मनुष्य की यात्रा से लम्बी है.'

'अगर मैं कहूँ, कहीं कोई मृत्यु नहीं है, पड़ाव है, हर जन्म अगली यात्रा के लिये. तो?'

'वो भी एक यात्रा ही तो है ... और अगर यात्रा है तो उसके अपने दुःख भी हैं ... यातनायें भी ... समझौते भी.'

'तो ये मनुष्य के मृत्यु भय का निवारण हैं, अगर एक अर्थ में मैं कहूँ ...'

'इसे किसी और तरह से भी तो कहा जा सकता है.'

'कैसे?'

'ये मनुष्य के मृत्यु भय पर विजय हैं.'

'क्या इससे कोई फ़र्क पड़ता है?'

'पड़ता है.'

'कैसे?'

'मृत्यु भय मनुष्य का क्षणिक सच हो सकता है, पर उसका चिरंतन सत्य तो मृत्यु पर विजय ही है.'

'पर प्रश्न फिर भी है कि मनुष्य की यातना के रास्ते में ये किस तरह उसका मार्ग प्रशस्त करते हैं?'

'जब सारे रास्ते बंद हो चुकते हैं, तब अन्ततः शब्द ही मदद करते हैं हमारी. वहां अनंत रास्ते हैं, अनंत मंजिलें. चुनाव आपका है. कोई भी क्रांति हो, अस्तित्व में आने से पहले मनुष्य की चेतना में शब्द ही तो होते हैं. जमीन पर आने के बाद यही देह धारण करते हैं.'

'कहते हैं, कवि समाज को क्या देता है तो यहाँ सिर्फ़ कविता पर ही नहीं कवि पर भी प्रश्नचिन्ह है, आप इसके बारे में क्या कहना चाहते हैं?'

'कवि समाज को अपनी सोच देता है, अपने मूल्य देता है, एक नया संसार देता है. आय थिंक, तीन व्यक्ति एक धरातल पर साथ मिलते हैं ... कवि, दार्शनिक और वैज्ञानिक. ये तीनों एक नये संसार का निर्माण करते हैं. संसार सिर्फ़ स्थूल ही तो नहीं है. जितना और जो दिखाई देता है, सिर्फ़ वही तो नहीं है. स्थूलता के परे क्या है? व्हाट इज़ लव? इट्स ए जस्ट अनडिफाइंड एब्स्ट्रेक्ट. जिसे एक कवि भरता है, दार्शनिक भरता है. यही सृजन है वास्तव में.' यह वाक्य ही नहीं बहुत कुछ उन्होंने मेरी आँखों में देखते हुये कहा था. किसी-किसी वक्त मैं भूल जाती कि मैं उनसे इन्टरव्यू ले रही हूँ न कि हमारी पर्सनल बात है. फिर सामने रखा माइक मुझे अपनी ड्यूटी की याद दिला देता.

'सृजन आपकी नजर में?'

'सृजन मुझे मानवीय और दिव्य एक साथ लगता है. वह काल, नश्वरता और द्वंद से मुक्ति है. आई राईट टू सेलीब्रेट ... एक्सप्लोर ... लव ... लैंग्वेज़ एंड वर्ड. मैं उनके लिये लिखता हूँ, जिन्हें मैं प्रेम करता हूँ.'

'सबके लिये ऐसा हो, लगता नहीं.'

'पर मैं तो अपनी लगी की ही बात कर सकता हूँ.'

मुझे अचानक हँसी आ गयी. वे भी मुस्करा रहे थे.

पर सिर्फ़ इतना ही नहीं था एक घंटे के उस इन्टरव्यू में, जो अभी भी मेरे पास सुरक्षित है और भी कई बातें थीं. आलोचना की स्थिति-उपस्थिति को लेकर फैलती निराशा, पुरस्कारों का छीजता सम्मान, संपादकों का घटता आदर, एक ही किस्म की रचनाओं की बाढ़. मूल प्रश्नों से भटकते विमर्श.

और अंत में मैं उनसे आग्रह करती हूँ वे अपनी कोई नई और पसंदीदा कविता पढ़ें ...

'उससे पूछो

वह अब तक कहाँ थी

अब जबकि सबके घर जाने का वक्त आ चुका

बचा है तेल जरा सा इस दिये में

और अंत के बाद की उम्मीद

बचाया नहीं जा सका कुछ भी

बहुत कुछ की चाह में

उससे पूछो

क्या बचा सकती है वह.

उन्हें याद थी अपनी कविता और वे मेरी तरफ़ देखकर पढ़ रहे थे. रिकार्डिंग रूम में हम दोनों अकेले थे, उनकी वह आवाज़ मैंने बहुत ध्यान से सुनी थी. क्या था उस आवाज़ में? एक ख़ालिस दर्द. अपनी अपूर्णता पर गर्व. हार जाने का अभिमान. मैंने खुद को उन्हें देखने दिया.

कविता समाप्त होने के बाद की ख़ामोशी. मैं जरा सा हडबडाई. शब्द अपना काम ख़त्म कर जा चुके थे और अब वहां मौन पसरा पड़ा था. बिना कुछ कहे मैंने रिसीवर ऑफ़ कर दिया. जो जिसकी आवाज़ से उदित होता है, अच्छा है, वह उसी की आवाज़ से खत्म हो.

हम दोनों उठते हैं. मैं उनके लिये रिकार्डिंग रूम का भारी दरवाज़ा खोलती हूँ. वे मानो अपने चेहरे पर कितना कुछ लिखा मिटाने की कोशिश में मेरी बगल से गुज़र जाते हैं, बगैर मुझे देखे. उस लम्बे गलियारे में हम ख़ामोश चल रहे थे.

आधे घंटे डायरेक्टर की ऑफिस में बैठने और कॉफ़ी पीने के बाद वे बाहर निकले. मैं इधर-उधर चहलकदमी करती हुई उनके बाहर आने की प्रतीक्षा कर रही थी. डेढ़ बज गया था, दो बजे लंच ब्रेक होता है एक घंटे का. यह एक घंटा उनसे बात करके कुछ ख़ुशी कमाई जा सकती है. उन्हें छोड़ने कुछ लोग बाहर आने लगे तो उन्होंने माफ़ी मांग ली, कहा, वे चले जायेंगे, वे उनके लिये परेशान न हों.

'मैं बाहर तक छोड़ आती हूँ.' मैंने नजदीक आकर कहा तो मेरी बॉस संतुष्टि से सिर हिलाती हुई भीतर चली गयी.

'तो आप मुझे बाहर तक छोड़ेंगी.' उनके जाने के बाद उन्होंने शरारत से मुझे देखा.

'अगर आप इज़ाज़त दें तो.'

'सब कुछ माँगा नहीं जाता, बस मौका मिले ले लो. सामने वाले को पता नहीं चलना चाहिये आपने क्या ले लिया.'

मैंने मुस्कराते हुये सिर हिलाया और हम साथ चलने लगे.

'बाहर छोड़ना ... इसके साथ 'छोड़ना' शब्द कितना ख़तरनाक है. आप इसे मेरे साथ बाहर आना भी कह सकती हैं, कमअज़कम छोड़े जाने का अफ़सोस तो न होगा.'

'शब्द बदल देने से आप नहीं जायेंगे?'

'जाऊँगा ... पर इस तरह नहीं. वैसे मैं कहीं जाना नहीं चाहता. मैं अपने देवताओं के पड़ोस में रहना चाहता हूँ.' उन्होंने मेरी आँखों में देखते हुये कहा.

'देवताओं से पूछ लिया है?'

'आपको लगता है उन्हें ऐतराज होगा?'

'ऐतराज? वे अपना राज्य ख़ाली कर जमीन पर चले आयेंगे.'

'फिर तो मैं जमीन की देवियों को वहां ले जाऊँगा, उनसे बचाते हुये.'

उनसे बात करना ऐसा ही था, वाक्य पर वाक्य बनते जाते. खुद ब खुद. अप्रयास. न चाहते हुये भी. इस पर हैरत होती.

'वैसे मैं आपसे कुछ पर्सनल पूछना चाहती थी, पर यह सोचकर रुक गयी कि शायद आप पसंद न करें.'

'बचता नहीं है एक कवि या कलाकार के जीवन में कुछ अनछुआ. सारा कुछ तो दे देता है वह अपनी कला को. जिसे दूसरे लोग बचाने की कोशिश भी करते होंगे, कवि वह भी नहीं बचा पाता. यकीन मानिये, ऐसा कुछ अगर है भी तो निरर्थक है इस वक्त. हर समय का सच अलग-अलग होता है.'

'ट्रुथ इज़ द आलवेज़ इन द फार्म ऑफ़ मेकिंग.' मैंने बीच में ही कहा तो वे हँस दिये.

'सच का अपना एक सौन्दर्यशास्त्र होता है. उसी के भीतर प्रेम उदित होता है.' मुझे गहरी नजरों से देखते हुये उन्होंने कहा.

मैंने उनकी आँखों में देखा और देखती रही. कुछ लम्हे गुज़र गये, मैंने अपनी आँखें परे कर लीं.

'आपके पास एक अच्छी भाषा है और दिलकश आवाज़. आप अपनी साँसों का इस्तेमाल बखूबी करती हैं.' उन्होंने ही जैसे बात बदलने के लिये कहा.

'इस्तेमाल करना हम सभी सीख जाते हैं, एक न एक दिन अपने हुनर का. पर भाषा मेरी नहीं ... भाषा मैं खुद हूँ और मैं इसे प्रेम करती हूँ.'

'ऐसी बातें सिर्फ़ एक कवि ही कह सकता है और मैं जानता हूँ, आप कवितायेँ लिखती हैं.'

'मैं उन बेवकूफों में से हूँ जो हर वक्त अपने आपसे अपने होने की वज़ह पूछते रहते हैं. हमारे भीतर से जो फूटता है, वे भी प्रश्न ही होते हैं, उत्तर नहीं. शक्ल उनकी कोई भी हो.' मैं हँस पड़ी.

'आप स्वयं एक प्रश्नचिन्ह भी हैं. मैं आपको देखता हूँ तो एक अजीब सी हैरत में डूब जाता हूँ, जैसे, हम मकानों के बीच से गुज़रते-गुज़रते एकाएक इतने खुले में आ जाते हैं कि यकीन करना मुश्किल होता है, यह इसी के आस-पास था.'

'आप मेरी हौसला अफ़जाई कर रहे हैं.' मैं मुस्करा दी.

'उसकी ज़रूरत आपको कहाँ है? आप तो अच्छों-अच्छों के हौसले तोड़ देती होंगी.' उन्होंने फिर शरारतन कहा तो हम हँस पड़े. फिर मैंने ही कहा, 'मेरे लिखने का कोई उद्देश्य नहीं, मैं सिर्फ़ अपने लिये लिखती हूँ. मेरे होने की वजहें मेरी ही हैं. मेरी हंसी, मेरा दुःख, मेरी कविता, मेरा प्रेम. मुझे लगता है, हम सब अगर सिर्फ़ अपनी-अपनी दुनिया ही उजरा सकें.'

'आप खुद से बहुत प्रेम करती हैं.' वे मुझे इस तरह देख रहे हैं कि मेरे चेहरे का रेशा-रेशा उनकी पकड़ में आ जाये.

'नहीं करना चाहिये?' खुद से तो पता नहीं पर जिससे करती हूँ, उसे प्रेम करना खुद को ही प्रेम करने जैसा ही है, मैंने सोचा.

'मैंने ये नहीं कहा, सिर्फ़ पूछा.'

'हां, मैं खुद से प्रेम करती हूँ और मेरे इस घेरे में जो भी आता है, उससे. खुद से प्रेम किये बिना आप दूसरे से नहीं कर सकते.'

'खुद से ज्यादा भी तो नहीं कर सकते.'

'ऐसी माँग कम भरोसे वाले करते हैं.'

'अधिक भरोसे वाले क्या करते हैं?'

'वे कोई माँग नहीं करते.'

'उनका काम कैसे चलता है?'

'ये तो उन्हीं से पूछना पड़ेगा.' मैं टाल गयी.

'एड्रेस? फ़ोन नंबर?' उनके चेहरे पर शरारत है. हम हँसने लगते हैं.

'आपको कहा नहीं कभी किसी ने?' हँसी के बीच ही उनकी आवाज़ आई.

'क्या?'

'आपको देखते ही युद्धभूमि में खड़े सैनिक के शस्त्र छूट जाते हैं उसके हाथ से. आपके क़दमों में तो न जाने कितने दिलों के साम्राज्य पड़े होंगे, नहीं?'

'कदर नहीं होती उसकी जो चीज़ आसानी से मिल जाये. क्या करुँगी वे साम्राज्य, जिन्हें छूने की चाह मेरे भीतर से न उठे.'

'आपको क्या चाहिये?' वे बहुत धीरे-धीरे चल रहे हैं, मैं भी.

'क्या ये बताना इतना आसान है?'

'कोशिश करके देखिये. कभी हम कह नहीं पाते पर कम्यूनिकेट हो जाते हैं.'

'मुझे नहीं पता.'

'ओ ... कम ऑन. बताने से आपका कुछ कम नहीं होगा, दूसरे को रास्ता मिल जायेगा.'

'आप आलरेडी एक रास्ते पर चल रहे हैं.' मैंने उनकी तरफ़ देखते हुये कहा.

'तो? रास्ता कोई मेरी देह थोड़े ही है जिसे मैं बदल न सकूँ. वैसे तो मैं इसे भी बदलने को तैयार हूँ.'

मैं हँस पड़ी, कहा कुछ नहीं.

'वैसे आप नहीं होंगी इस बात के लिये तैयार?'

'नहीं.' मैंने शोख़ आवाज़ में कहा.

'वजह?'

'मैंने इस पर बहुत मेहनत की है. अब दुबारा नहीं कर सकती.'

हम दोनों हँस दिये. चलते हुये उनकी कार तक आ ही गये आख़िर. दूर खड़ा ड्रॉयवर हमें देखते ही लपकता चला आया.

'आप चलेंगी तो मैं आपको घर छोड़ दूंगा. इस बहाने आपका घर देख लूँगा.'

'मेरी ड्यूटी शाम छः बजे तक है. डिनर पर हम ग्रीन हाउस में मिल रहे हैं. कार्ड मेरे पास है ही. वैसे भी जब तक मीडिया वाले न आ जायें, कुछ शुरू नहीं होता.' मैंने मुस्कराते हुये कहा.

'आप जब तक नहीं आयेंगी, कुछ शुरू नहीं होगा.'

वे झुके और कार में बैठ गये. कार सरकती हुई आगे चली गयी.

शहर से पचास किलोमीटर दूर 'सिंघानिया ग्रीन हाउस' में डिनर का आयोजन किया गया था. समस्त साहित्यकारों और कुछ गणमान्य नागरिकों के लिये. यह आयोजन बाहर से आये साहित्यकारों के स्वागत में है. समूचा माहौल सुन्दर और रोमांटिक है. पैरों के नीचे गुदगुदी-कटी सजी हरी-गीली घास. आसपास ठंडी हवा में झूमते किस्म-किस्म के पेड़. पेड़ों पर लगी रंगीन बल्बों की झालरें. अलग-अलग रंगों के छोटे-छोटे बल्ब, अलग-अलग वक्त पर जलते-बुझते जैसे कोई मायाजाल रच रहे हों. चौंक कर देखा होगा पेड़ों ने भी कि क्या हो गया? कौन चला आया हमारे बियाबान में बिना बताये? मनुष्य सबको हैरान करता है, खुद को भी. कुछ दूरी पर सुन्दर सी कॉटेज. दूर-दूर तक फैली हरियाली अँधेरे में घुल-मिल गयी है. बहुत दूर से देखो तो पता ही नहीं चलता, हकीक़त क्या है, फ़साना क्या? मुझे अपने इस ख्याल पर हंसी आती है, जैसे पास से देखने पर मैं जान ही जाती.

खाने के दस-बारह स्टाल सजे हैं, जरा-जरा सी दूरी पर. कुछ वेटर कोल्डड्रिंक सर्व कर रहे हैं. वे मुझसे दूर अन्य साहित्यकारों से बातचीत में मशगूल दिखने का अभिनय कर रहे हैं. जरा-जरा सी देर में वे मेरी तरफ़ देख लेते हैं या किसी वक्त चलते हुये दूर निकल जाते हैं तो फिर आसपास आ जाते हैं. मैं भी अपने ग्रुप के साथ कोल्ड ड्रिंक पीते हुये

बतिया रही हूँ. डिनर के बाद कविताओं का प्रोग्राम होगा, हमने रिकार्डिंग की पूरी तैयारी कर ली है.

'चिराग दिल का जलाओ, बहुत अँधेरा है

उन्हीं को ढूँढ के लाओ, बहुत अँधेरा है.'

मोहम्मद रफ़ी का रिकार्ड बज रहा है. उसे सुनती हुई मैं अपने कलीग्स के बीच बैठी हूँ. उनकी रोजमर्रा की बातों से ऊबी हुई. अनायास देखा...धीरे-धीरे लगभग सारे साहित्यकार उस कॉटेज की तरफ़ जा रहे हैं. मैंने मुड़कर अपनी कुलीग को देखा तो उसने हाथ से गिलास का शेप बनाया और होठों तक ले गयी फिर अभिनय करती हुई मेरे कंधे तक ढलक आई. मैं समझ गयी. वैसे तो आज मुझे भी किसी नशे की जरूरत है. मैं समझ नहीं पा रही अपनी हालत? कितने चैन से मैं जी रही थी, तो क्या वह चैन था? पता नहीं, पर दिखता तो था.

घंटे भर बाद जब सारे बाहर निकले, तब तक स्टॉल पर सजी डिसेस के नीचे लगे छोटे-छोटे स्टोव जलने लगे थे. यह मध्य अक्टूबर की एक सिहरती रात है, जब जी करता है, कुछ न कहा जाये, बस चुप रहा जाये. हवा के झोंकों के साथ अजीब सी महक आ रही है. घास की या मिले-जुले-गीले पत्तों की, पता नहीं. इस सारी चहल-पहल से दूर सीमेंट की एक बेंच पर बैठी थी कि पीछे से किसी ने कंधे को छुआ भर.

'यहाँ क्या कर रही हैं?' मैं ठीक थी, वे ही थे.

'प्रतीक्षा.' मैंने उठते हुये उन्हें देखा. शायद ज्यादा पीने की वजह से उनके गाल लाल से दिख रहे हैं. कान की लवें भी. आँखें जैसे किसी अदृश्य आग में सुलग रही हों.

हम सब के भीतर कुछ न कुछ सदैव जलता रहता है और अगर हम चाहते हैं कि ये यूँ ही जलता रहे, बुझे न क्योंकि इसका बुझना अपना भी तो बुझना है तो इसकी आग में हर दिन कुछ न कुछ डालना होगा ही. कुछ भी, कामनायें, प्रेम, यातना, उदासी ... कुछ भी.

'मेरी तो नहीं?' उन्होंने अपनी सुलगती आँखें मेरे चेहरे पर गडा दीं.

जल सकता था मेरा चेहरा, खुद मैं, पर हुआ मात्र इतना कि भीतर रखी बर्फ़ की सिल उतनी कठोर नहीं रही. उँगली से छू दो तो उँगली गीली हो जाये. इसके पहले तो ...

'मुझे लगता है, हम सब कुछ न कुछ होने की, कुछ न कुछ घटने की प्रतीक्षा करते रहते हैं. हमें लगता है कुछ होगा और यकबयक समूचा जीवन बदल जायेगा, हम कुछ और हो जायेंगे.'

'और वह कभी नहीं होता.' उन्होंने बेंच पर बैठते हुये मेरी बाँह पकड़ ली, कहा - 'बैठो.'

'चलिये वाक करते हैं. ये रास्ता गोल है, वापस यहीं ले आयेगा.'

'वैसे तो सारे रास्ते वहीँ ले आते हैं, जैसे पांच बरस लम्बा रास्ता. नहीं?'

वे खड़े हो गये. हम उस आधे अँधेरे, आधे उजाले में बिछे, पेड़ों से ढँके रास्ते पर चलने लगे.

'आपने मेरी बात का जवाब नहीं दिया?' उनकी छूटी हुई उँगलियाँ फिर मेरे हाथ पर कस गयीं.

'होता है कभी-कभी पर प्रतीक्षित की तरह नहीं, किसी और तरीके से.' उन्हें देखते हुये मैं मुस्करा दी.

'एक दिन मैं तुम्हें बताऊंगी

तुम्हारी स्वप्नीली उत्पत्ति के बारे में

एक दिन मैं तुम्हें बताऊंगी

तुम कैसे जन्मते हो हर रोज़ मेरे भीतर

किसी और तरीके से.'

उन्होंने मेरी ही कविता की लाइनें मुझे हतप्रभ करते हुये पढ़ीं. अपनी भारी बोझिल सुरूर में डूबी आवाज़ में. समूची गहमागहमी से दूर उस ठंडी रात में उनकी आवाज़ रुई के फाहों सी मेरे ऊपर झरती रही. कैसे एक वक्त का सच दूसरे वक्त के झूठ में बदल जाता है? जिसके लिये यह लिखी थी, उसने मेरे भीतर हर रोज़ जन्म लेना छोड़ दिया था या हर रोज़ मैंने गर्भ धारण करना. इसे मैं इस वक्त खुद भी नहीं समझना

चाहती. मेरा हाथ अभी भी उनके हाथ में है और हम ख़ामोश चल रहे हैं. मैंने अपना हाथ खींचने की कोशिश की तो उन्होंने अपने हाथ उस पर कस लिये.

'इसका कुछ और अर्थ न लीजियेगा प्लीज़. ये मात्र शब्द हैं.'

मैंने स्थिर आवाज़ में कहना चाहा पर मेरी आवाज़ भी काँप गयी मेरी देह की तरह.

उस क्षण पहली बार जाना, आवाज़ की भी एक देह होती है. हमारी देह से स्वतंत्र. हमारी देह से जन्म लेते ही वह अपना वजूद खुद रच लेती है. मिलते हैं इसके नाक- नक्श हमारी देह से पर कोई बहुत जरूरी भी नहीं. कभी-कभी उसकी देह हमारी देह के बिलकुल विपरीत दिखाई देती है, हैरत होती है उसका रूप देखकर.

'स्वतंत्र हूँ मैं किसी भी शब्द का कोई भी अर्थ लेने में. स्वतंत्र हूँ मैं तुम्हारा अस्तित्व अपने अस्तित्व में महसूसने में. तुम इसे मेरा दुस्साहस समझना चाहो तो समझो, मैं इसे अपनी जिद मानता हूँ.'

उनका आवेश देख मेरी तीनों देहें काँप गयीं.

'प्लीज़, बचपना नहीं, मेरा हाथ छोड़िये, मैं चली जाऊँगी.'

'अच्छा, हाथ छोड़ता हूँ, जिद नहीं.' उन्होंने एक झटके से मेरा हाथ हवा में उठाकर फिर छोड़ दिया.

मुझे उनके इस पागलपन पर गुस्सा भी आया और हँसी भी.

'आपके लिये यह फन होगा, मेरे लिये नहीं. इसका मतलब?'

'अगर प्रेम फन है तो मैं यह फन जीना चाहता हूँ. अगर यह अहसास है, अगर यह जोखिम है, साहस है, क्षणभंगुर है, जो भी यह है, जो भी यह हो सकता है. मैं इसे एक बार जीना चाहता हूँ.'

वे अपने भीतरी आवेश और नशे में समूचे काँप रहे थे. हवा की मार से घायल उस दरख़्त की तरह, जो अपने वजूद को स्थिर रखने की बेहिस चाह के बावजूद पूरा का पूरा लड़खड़ाता चला जाता है.

'एक बात और ... वे लोग महान होंगे जो जीवन में सिर्फ़ एक बार प्रेम करते हैं, जिनका काम सिर्फ़ अपनी पत्नी से चल जाता है, जिनको दूसरों का संसार अपनी तरफ़ खींचता नहीं. जिन्हें दुनिया की असहनीय खूबसूरती बार-बार पागल नहीं बनाती. मैं उनमें से नहीं हूँ.'

'इसका मतलब ...' मैंने कहना शुरू किया ही था कि किन्हीं क़दमों की आहट सुनाई दी और आपस में बातें करने की. दो लोग इधर ही आ रहे हैं, शायद हमें बुलाने. अपनी लम्बाई के चलते मैंने दो कदम आगे बढ़कर उन्हें आड़ दे दी, ताकि वे खुद को सँभाल सकें. मेरा चेहरा आगुन्तकों की तरफ़ है और वे हमें इशारे से बुला रहे हैं. मैंने भी उन्हें अपने आने का इशारा दिया, वे लौटने लगे. मुझे पता है, हम दोनों का यूँ तन्हा घूमना न जाने कितने किस्से बनायेगा, जो उनके जाने के बाद भी इस शहर की हवा में चक्कर काटते रहेंगे. सूखे पत्तों की तरह बेमतलब. कभी छतों, कभी टूटी दीवारों, कभी आँगनों में गिरे हुये, जिन्हें कोई भी रौंद सकता है. तो? पत्तों का संसार यह नहीं, वह है जब वे शाख पर लगे होते हैं, अपनी पूरी जिजीविशा और वैभव के साथ. एक दिन मर जायेंगे सोचकर वे जीना नहीं छोड़ देते. मैंने अपने सिर से सारे विचार झटक दिये.

हम दोनों वापस आ रहे हैं. अपने-अपने अंधेरों से रौशनी की ओर. मैंने उनका चेहरा देखने की कोशिश नहीं की, न कुछ कहने की. यह वे लम्हे हो सकते थे, जब वे अकेला छोड़ दिया जाना चाहें.

इस तरफ़ शोर है, आवाज़ें हैं, प्लेयर पर लतामंगेशकर के पुराने गानों की धुन है ...

'कुछ दिल ने कहा ... कुछ भी नहीं

कुछ दिल ने सुना ... कुछ भी नहीं

ऐसे भी बातें होती हैं -

ऐसे ही बातें होती हैं.'

मैं अपने भीतर उठते राग की आदिम धुन पर पैर रख इधर-उधर देख रही हूँ कि मेरी कलीग ने एक ख़ाली प्लेट मेरे हाथ में थमा दी और मुझे खींचकर लाइन में लगा दिया. सबके साथ मैं भी आगे सरकने लगी और

इस वक्त से उस वक्त तक पहुँच गई, जब वे अपनी प्लेट अपने हाथों में लिये मुझे खोजते मेरे पास चले आये हैं.

पिछले कुछ लम्हों की बनिस्बत अब वे काफ़ी सहज दिख रहे हैं. फिर भी क्षणों के तूफ़ान के गुजरने के चिन्ह तो अभी हैं ही, चाहे अशांति को ढंकती शांति की शक्ल में हों.

'कुछ लोग अपने बारे में कितनी तन्मयता से बातें करते हैं.' उन्होंने किसी की तरफ़ कहते हुये कहना शुरू किया.

'मानो उनके जीवन में कितना कुछ है, जिसमें किसी दूसरे को दिलचस्पी हो सकती है.'

और अगले ही क्षण उनके चेहरे और आँखों में दूसरा ही रंग आ गया ...

'सच तो यह है जब तक आदमी के भीतर प्रेम का उदय नहीं होता, तब तक सब कुछ निरर्थक है और वह यह बात जानता है.' अब उन्होंने सीधे मेरी आँखों में देखा.

'प्रेम दरअसल रौशनी का एक सैलाब है, इसके सामने बहुत देर तक खड़ा नहीं रहा जा सकता, क्यों?'

मैं हंसती हूँ ... पीछे हटती हुई. मैं नहीं चाहती हमारी बातें किन्हीं और कानों तक पहुँचे. पता नहीं अभी वे यह सब समझने की हालत में हैं या नहीं. शायद हैं, तभी मेरे साथ चलते हुये सुरक्षित कोने में आ जाते हैं.

'फिर तो प्रेम स्मृतियों में ही जिया जायेगा, क्योंकि जब-जब यह सैलाब हम तक आयेगा, हमारे पैर उखड जायेंगे.' मैंने माहौल को हल्का बनाये रखने के लिये कहा.

'और क्या? इतनी ताब इंसान में कहाँ कि वह सारी उम्र इस हरहराते समंदर के मध्य खड़ा रह सके. उसे तो किनारे पर पैर डुबोकर, बैठकर या बीतती उम्र की यादों की मूँगफलियाँ छीलकर खाते हुये ही संतोश करना पड़ता है.'

'जिनमें साहस नहीं होता, वही ऐसी बातें करते हैं.' मैंने तंज में कहा.

'तो आपका क्या ख्याल है?'

'यह समंदर में डुबकी नहीं, समन्दर में खो जाना है, समंदर ही हो जाना है. बाकी जो बचता है, वह बकौल आपके मूँगफली के छिलके ही हैं.'

'आय लव टु टाक टु यू.' उनकी साँसें और आवाज़ दोनों भारी हो गयी.

मैंने कुछ नहीं कहा, उन्हें देखती रही.

'तुम्हें देखते ही भीतर कुछ उगता है, तुम नसों में जुनून भर देती हो, पैशन. तुम प्रेम की एक ऐसी लहर हो, जिसकी चाह खुद समंदर को है, इसके बिना अधूरा है वह.'

मैंने अभी भी उन्हें कुछ नहीं कहा, बस उन्हें देखती रही.

'पाँच साल के बाद आया हूँ मैं यहाँ. लांग-लांग फाइव ईयर्स. तुम बिल्कुल वैसी हो, समय ने तुम्हें छुआ तक नहीं है.'

'मेरा समय के साथ एक करार है,' मैंने हँसी में कहा.

'कैसा करार?'

'जिस दिन वह मुझे छू लेगा, मैं स्वयं को उसमें मर्ज कर लूँगी.'

'क्या मैं समय नहीं हो सकता?'

'होना चाहेंगे?' मेरी आवाज़ में अभी भी हँसी है.

'जिस-जिस भेस में तुम मुझे पुकारोगी, उस-उस भेस में मैं दौड़ा चला आऊंगा. नियति के आँगन से उठकर तुम्हारी ओर आता हुआ. भोर के तारे सा टूटकर तुम्हारी झोली में गिरता हुआ या दरख़्त के पत्तों सा तुम पर झरता हुआ. देवताओं के पड़ोस को छोड़कर मैं तुममें रहना चाहूँगा. शर्त यही है कि तुम मुझे पुकार लो.'

'तौबा.' उस आग से खेलते-खेलते मैं स्वयं काँप गयी.

'शब्दों के जादूगर हैं आप.' मैंने मुस्कराकर माहौल को हल्का बनाने की व्यर्थ कोशिश की.

'जी करता है, तुम्हारी दिगम्बर देह को मैं शब्दों से ढांप दूँ. तुम साड़ी पहन लो शब्दों की.'

मेरा चेहरा लाल हो गया. 'शब्दों में इतना साहस कहाँ कि दिगम्बर देह का सच झेल सकें. वे तो उसे छूते ही भक् से जल उठेंगे सूखे पत्तों की तरह.' मैंने तीखी आवाज़ में कहा और प्लेट रखने के बहाने मुड़कर दूर चली गयी.

एक पेड़ के समीप पहुंची. झुककर अपनी प्लेट रखी और कुछ पल वैसे ही खड़ी रही. मेरी जबान पर कुछ तिक्त सा स्वाद था. मुझे पानी की तलब महसूस होने लगी.

मुड़ी तो महज एक मीटर के फासले पर वे मुझे अपनी ओर आते दिखे. मैंने इधर-उधर देखा. काफ़ी लोग खाने में मशगूल थे तो कुछ हम दोनों की लुकाछिपी भी देख रहे थे, छिपी-छिपी नज़रों से. अब?वे मेरे सामने आकर खड़े हो गये.

'अपने दोस्तों के साथ रहिये, वरना ...' मेरी आवाज़ में मुस्कान भर आई.

'वरना - तुम मुझे ले जाओगी.' उन्होंने भी सहज ढंग से मज़ाक करते हुये कहा.

'वरना वे कहेंगे, मैं आपको ले गयी. उधर देखिये, आधे लोग हमें ही देख रहे हैं.'

'देना चाहिये लोगों को बातें करने का अवसर. बेचारों की ज़िंदगी में और होता ही क्या है? तुम मानो या न मानो वे तो आते ही ऐसी तलाश में हैं कि कुछ मिल जाये. अगले कुछ दिनों के लिये.'

वे भी अब हल्के-फुल्के मूड की तरफ़ लौट रहे हैं. उनके हाथों में अभी भी उनकी प्लेट है. वे मुझे कुछ खाते हुये नहीं कुछ चुगते हुये दिख रहे हैं. हो सकता है, मुझे रोके रखने का ये महज एक बहाना हो.

'तो दो किस्म के लोग होते हैं. वे जो जीते हैं, दूसरे वे जो दूसरों को जीते हुये देखते हैं और उनकी बाबत अच्छी या बुरी बातें करके खुद को संतुष्ट करते हैं.'

बातें दूसरों की ओर मुड़ गयी हैं और अब मैं आराम से बातें कर सकती हूँ.

'दैट्स राईट. महत्वपूर्ण यह है मेरे लिये कि तुम खुद किनमें से हो?'

'ये तो मुझसे बेहतर आप बतायेंगे.'

'मैं क्यों?'

'कोई लड़की अगर सुन्दर भी हो लोग उसकी बाबत नतीजे खुद ही निकाल लेते हैं, उससे पूछने की जरूरत नहीं समझते.'

'मैं तुमसे पूछता हूँ.' उन्होंने चम्मच प्लेट में छोड़ते हुये अचानक अपना चेहरा आगे किया. अपने एक हाथ से मेरी बाँह पर दस्तक देते हुये नीची मगर दृढ आवाज़ में कहा, 'हलो ... लिसिन ... हू इज़ देयर? नो बडी? मे आय कम इन ... इनसाइड ... हलो?'

ये सब इतना अचानक और इस तरह हुआ कि मैं सकपकाकर पीछे हट गयी. मेरी कनपटियों पर कुछ जोर-जोर से बजने लगा. चेहरा पसीने से नहा गया. अनियंत्रित साँसों को संभालते हुये मैंने अपना चेहरा मोड़ा और दूर चली गयी. चलते हुये मेरे कदम लड़खड़ा रहे थे. चलते हुये मैं वहां पहुंची जहाँ ठन्डे पानी की व्यवस्था थी. यह क्या मज़ाक था? किसी ने देखा होगा तो? देखा ही होगा, मैं ठन्डे पानी से अपना चेहरा धोती रही. पर सिर्फ़ इतना ही नहीं था ठन्डे पानी से अपना चेहरा धोते समय, मैंने जाना. इस सबको परे ठेलती एक और भी आवाज़ थी, जिसे सुनने को मैं कतई तैयार नहीं थी.

तभी देखा, दूर से मेरी कलीग आ रही है. वह आकर मेरे सामने खड़ी हो गयी, सख्त निगाहों से मुझे देखती. मैं चुपचाप पर्स से रूमाल निकाल अपना चेहरा पोंछती रही.

'और भी गम हैं ज़माने में मोहब्बत के सिवा. चलें?' उसने व्यंग से कहा. मैं सिर हिलाते हुये उसके साथ चल पड़ी.

'सिर्फ़ एक लम्हा फूँकना

तुम मेरी साँस में साँस

मुझे जीवित कर देना

सिर्फ़ एक लम्हा

निहारना मेरी तरफ़
मुझमें पंख उगा देना
सिर्फ़ एक लम्हा
तुम मुझे देना शब्द एक
मुझे कालजयी बना देना.'

वे कविता पढ़ रहे हैं. नहीं, वे कविता नहीं पढ़ रहे, वे कुछ कह रहे हैं. नहीं, वे कुछ कह नहीं रहे, वे मुझसे कुछ पूछ रहे हैं. वे कुछ देख रहे हैं मुझमें. वे कुछ खोज रहे हैं. हमें क्या पता, कौन सी चीज़ कहाँ पड़ी है. कोई आता है, खोजता है, पता नहीं क्या-क्या मिल जाता है उसे? अब कोई इनसे पूछे जरा, तुम तो चले जाओगे कल ... ये जो जरा सा ले जा रहे हो, जरा सा दे जा रहे हो, कौन रखेगा इसका हिसाब?

स्टेज की तरफ़ जाते मेरे पैर लड़खड़ा गये, और मैं वहीँ ठिठकी खड़ी वह पूरी कविता सुनती रही. आवाज़ का रेशमी रेशा मेरे सामने इसलिये भी साफ़ था कि मैं उस भारी-भरकम काले स्पीकर की बगल में खड़ी निस्पंद सी मंच की ओर ताके जा रही हूँ. शायद दसेक कवि हैं. सफ़ेद चादरों पर बैठे. उनके पीछे लोकल संस्था का बैनर. माइक उनके सामने है और मेरे सामने वे. न सिर्फ़ वे. उनके शब्दों में आकार लेती हरियाली, घास पर टिकी ओस की बूंद, कुपित देवताओं का षडयंत्र. चट्टान की दरार से झांकता ... किस लये ... उम्मीद के पार उठा एक झिझकता कदम. हजारों रंग बदलता आसमान ... मनुष्य करोंड़ों कथायें रोज रचता है जिस प्रकृति की स्तुति में. वह हर क्षण अपना रूप बदलती है. जो तुमने अभी कहा, वह नहीं है. वह भी नहीं, जो तुम कहने वाले हो. न वह, जो आने वाले दिनों में कहोगे. प्रेम, प्रकृति और सत्य ... क्या इनकी बाबत कुछ भी कहा जा सकता है?

मेरी आँखें समूचे स्टेज से गुज़रती हुई उन्हीं पर आकर रुक गयी हैं. उनकी आँखें अपनी डायरी या पेपर जो भी उनके हाथ में है, पर टिकी हुई हैं. बीच-बीच में वे रुकते हैं, जब उनकी किसी लाइन या शब्द पर कोई 'वाह' कहता है या श्रोताओं में से एक हल्का सा शोर उठता है.

कभी तालियों की गडगडाहट. कभी दाद. मैं अपने होने की आहट को कम करती हुई स्पीकर की बगल में रखी कुर्सी पर बैठ जाती हूँ. पन्नों की सरसराहट ... वे अपनी अगली कविता पढ़ रहे हैं. शब्द मेरे भीतर के अंधेरों में फुलझड़ियों की तरह फूटते हैं या दीपावली में जलते किसी अनार की तरह. इतनी रौशनी ... इतनी कि तुम कुछ नहीं कर सकते, घुटने टेक देते हो.

स्टेज की बायीं तरफ़ रिकार्डिंग चल रही है. मेरे पैरों में इतनी ताकत नहीं है कि वहाँ तक पहुँचूँ.

'हम बिल्कुल उसी तरह रहेंगे तुम्हारी स्मृति में

जैसे देह गंध / रति के बाद / रहती है अपने साथ.'

जिस वक्त तुम्हें किसी की बहुत-बहुत जरूरत होती है, हर लम्हा, तुम्हारी देह, तुम्हारे मन को छीलता, उन्हें टुकड़े-टुकड़े करता गुज़रता है. वह तुम्हें नहीं मिलता. समंदर की उत्ताल लहरें तुम्हारी दीवारों से टकरा-टकरा कर तोड़ देती हैं तुम्हें और तुम तक़रीबन सारी उम्र उन टूटी दीवारों के सामने खड़े एक साबित घर की टूटी कल्पना को देखते रह जाते हो.

उन्होंने लगभग ग्यारह कवितायें पढ़ी छोटी-छोटी. आसपास के हल्के शोर से ऊपर उनकी आवाज़ किसी नदी में छोटी नाव की तरह तैर रही है. कविता की पतवार से उसे खेते हुये आहिस्ता-आहिस्ता वे मेरे निकट आ रहे हैं. मैं अपनी आँखों के पानियों में गले-गले तक डूबी किसी अनहोनी की प्रतीक्षा कर रही हूँ. पर नहीं होतीं अनहोनियाँ इस तरह. होनियाँ ही नहीं होतीं जहाँ. जहाँ कभी कुछ नहीं होता. जी करता है किसी कंधे से लग जोर-जोर से रोऊँ. कहाँ है वह सख्त बर्फ़ की सिल्ली, जिसे इतनी मुश्किलों से जमाया था मैंने. अपने आपको पूरा ठंडा करके. कमाल है, कुछ शब्दों की गर्मी क्या उसे इस कदर पिघला सकती है?

वे जाकर अपनी जगह पर बैठ गये हैं. मैं ऐसे कोण पर खड़ी हूँ, जहाँ से वे मुझे आसानी से नहीं देख सकते. उनकी आँखें एक बार भटककर वापस लौट गईं. उनके बाद लगभग सभी ने कवितायें पढ़ी पर वे जो

जादू रच चुके थे, उसका असर कोई कम नहीं कर पाया. दो घंटे का वह कार्यक्रम काफ़ी अच्छा रहा. प्रेस वालों के कैमरों के फ़्लैश लगातार चमकते रहे. कल के न्यूज़पेपर्स में इन सारों के इन्टरव्यू छपेंगे. वही-वही बातें. घटित के पन्ने सभी बांच लेंगे. अघटित के पन्ने कौन बाँचेगा?

और फिर जैसे कि हर चीज़ अंत की ओर जाती है, वह भी अपने अंत पर पहुंचकर ख़त्म हो गया.

हम सबने सामान समेटा. जाने की हड़बड़ी करने लगे. वे कहीं दिखाई नहीं दे रहे थे और मुझे लग रहा था बिना मिले जाना पड़ेगा. आज उनके सारे कार्यक्रम ख़त्म हो गये. कल वे जायेंगे, शायद दुपहर की किसी ट्रेन से वापस दिल्ली.

बिना उनसे मिले आख़िर हम सब अपनी-अपनी गाड़ियों में घर की ओर रवाना हो गये. रास्ते में ही मोबाईल पर उनका मैसेज आया. टुमारो, 12' ओ क्लाक, इन शताब्दी, प्लीज़ कम.

मुझे जाना था, मैं गयी.

नहीं वे अकेले नहीं थे, दस-बारह लोगों से घिरे थे. स्टेशन की भीड़ को चीरती जब मैं उन तक पहुंची तो उन्होंने हैरान होने का अभिनय किया.

'आइये-आइये. मुझे लगा, आप नहीं आयेंगी.'

'काश! हम जो करना चाहते हैं, कर पाते.' मैंने मजाक करना चाहा पर सबकी उपस्थिति की वजह से ख़ामोश रही. पर आज मैं करूँगी अपने मन की. मेरे भीतर यह किसकी आवाज़ है? कौन है वो, जो रात भर जागती रही थी किसी नई सुबह की प्रतीक्षा में.

उन्होंने दूसरों से हो रही अपनी अधूरी बातों का सूत्र पकड़ा. मानो मेरा बस वहां खड़े रहना ही उनकी तसल्ली हो. कुछ लोगों के हाथों में उस दिन के न्यूज़पेपर्स थे, लगभग सभी में उनकी उपस्थिति दर्ज थी. कभी पूछूंगी उनसे, कितना बचाते हैं वे खुद को, कितना बताते हैं? पर जब तक वह वक्त आयेगा, सारे प्रश्न ही झर जायेंगे. अच्छा है, यह वक्त भी ख़ामोशी से गुज़र जाये और मैं कुछ कहने-सुनने से बची रहूँ.

तभी धड़धड़ाती हुई ट्रेन प्लेटफार्म पर आकर रुकी और यात्रियों में भागादौड़ी मच गयी. दिल्ली जाने वालों में वे अकेले थे. कुछ को भोपाल जाना था, कुछ को कहीं और. उनकी सीट पर उनका सामान और न्यूज़पेपर्स के पुलिंदे रख दिये गये. उन्होंने काफ़ी तत्परता से सबको विदा किया. वे सब मुझे बड़ी अर्थपूर्ण दृष्टि से देखते हुये उतर गये. उनके चेहरों पर क्रूर मुस्कान है. दूसरों की हंसी उड़ाती हुई. दूसरों को अपमानित और शर्मिंदा करती हुई. मुझे पता था, यही होगा. मैं नहीं आती, एक मैसेज कर देती पर नहीं, दूसरों के डर से मैं अपनी निगाहों में अकृतज्ञ नहीं हो सकती.

मैं उनके सामने वाली बर्थ पर बैठी हूँ. ए.सी. टू टायर की वजह से भी भीड़ काफ़ी कम है. आख़िरी कुछ मिनट्स और हैं. पता नहीं कितने? उन्होंने बैठते-बैठते परदे की आड़ बना ली और अब मैंने बगैर हडबडाहट के उनकी ओर देखा.

'थैंक्स.' उन्होंने मेरा हाथ पकड़कर अपने होठों से छुआ और चूम लिया. उनकी आँखें बेतरह उदास हो आईं थीं.

'फॉर व्हाट?' आँसुओं की अचानक आई बाढ़ से खुद को बचाया मैंने, फिर भी गला रुंध ही गया. कभी-कभी भीतर बहता पानी बाहर भी बहने के रास्ते खोज लेता है.

'उस सबके लिये जो तुमने मुझे दिया और उस सब के लिये भी जो तुम मुझे नहीं दे सकीं. पर मैंने कुछ न कुछ ले ही लिया. और देखो, मैंने अपनी जिद अभी छोड़ी नहीं है.'

भावावेश में उनकी आवाज़ काँप रही है. मेरा हाथ अभी भी उनके गर्म और गीले हाथों में है.

'थैंक्स टु यू.' आँसुओं को पीछे धकेलती हुई मैं मुस्कराई.

उन्होंने कहा कुछ नहीं, मेरी आँखों में देखते रहे.

'आपने सख्ती से बंद मेरे दरवाज़े खोल दिये, अब मैं खुद से बाहर निकल सकती हूँ, अपने इगो से.'

'मैं समझा नहीं.' उनके चेहरे पर हैरानी उतर आई.

'आपने कहा था न, जहाँ से मिले, ले लो. मैंने ले ली यह समझ कि प्रेम जो हम पर ब्लिस की तरह बरसता है. इसे किसी भी कीमत पर मत खोओ. अपने इगो की कीमत पर तो हरगिज नहीं. ब्लिस इज़ द एक्सपीरियंस. ब्लिस इज़ नाट ए वर्ड ओनली फॉर मी.'

'मुझे इसका मतलब समझाओगी?'

'फिर कभी.' मैं उठी. आज मैं जल्दी में हूँ. मैंने उनके हाथों से अपना हाथ अलग किया. एक आख़िरी थपकी दी उनके हाथों पर.

'रियली थैंक्स.'

इससे पहले वे कुछ कहें, परदा हटा के बाहर आ गयी. फिर नीचे. फिर रास्ते पर. किस रास्ते पर? जिस पर जाना तो बहुत पहले था. पर जा नहीं सकी थी. और कितनी देर करूँगी मैं?

एक बार फिर मेरी गाड़ी जानी-पहचानी सड़कों पर दौड़ रही है. कितना वक्त हो गया हमें एक-दूसरे से रूठे हुये. एक-दूसरे को मनाये हुये. पुकारे हुये. एक-दूसरे को जिये हुये. क्या हो जाता है कभी-कभी कि हम अपने भीतर के सच से आँखें चुराने लगते हैं. और फिर कैसे किसी और के बहाने मेरा अपना सत्य अनावृत हो गया.

हो सकता है, घर पर न हों, फिर भी जाऊँगी एक बार, यह पल लौटाया नहीं जा सकता.

मेरी गाड़ी सीधे उनके घर के सामने रुकी, दरवाज़ा सदैव की तरह उढ़का हुआ. वे बंद नहीं करते. फिर भी मैं बिना खटखटाये कभी भीतर नहीं गयी. मैंने खटखटाया ... बहुत-बहुत वक्त बाद.

'हू'ज़ दैट?' भीतर से वही आवाज़ आई, जिसे सुनने को मैं हमेशा आते-जाते लम्हे के बीच पाँव फंसाकर खड़ी हो जाती हूँ.

'मे आय कम इन?'

वहां मैं हूँ

बाहर गाड़ी रुकने की आवाज़ आई और मैंने खुद को आईने के सामने खड़ा पाया. मैंने ज़रा सा दूर जाकर खुद को देखा. ठीक ही था. दूर से चीजें ज्यादा खूबसूरत लगती हैं. चाहे वे सपने हों या रेत. मैंने रेगिस्तान की तस्वीर देखी है, कितनी खूबसूरत लगती है रेत? जी चाहता है, इसी में मुंह छिपाकर सो जाएँ. यह तो हमें बाद में पता चलता है. मुँह छिपाने पर, जब रेत, नाक, मुँह, गले में भर जाती है और हम रेत खाने लगते हैं, रेत थूकने लगते हैं, रेत जीने लगते हैं. मैंने चेहरे पर आखिरी बार वह छोटी सी झाड़ू फेरी, जो रोज़ पुताई के काम आती है. होंठों पर आखिरी बार पेंट किया. अब ठीक है. जिस्म का मकान हमेशा सजा-धजा होना चाहिए, मालिक चाहे उसका कैसा भी हो. यहाँ सब चमकता हुआ अच्छा लगता है. दीवारें, परदे, पेंट, अँधेरों को दूर ठेलते आँखों के दो छोटे लैम्प.

वह अंदर आया. मुझे सजा-धजा देखकर खुश हुआ. वह जब खुश होता है, तत्काल लार टपकाना शुरू कर देता है. वह मेरे जिस्म के नजदीक आता है. मैं खुद को दूर कर लेती हूँ. लो. अब तुम्हीं भुगतो. मैं अपने शरीर से दूर खड़ी हो उसे देखती हूँ.

दृश्य – 1

उसने मेरी देह की कमर में हाथ डाल दिया है और बॉल डांस की मुद्रा में हाथों को थाम फर्श पर थिरकना शुरू कर दिया है. वह चूम रहा है, मेरी देह को. माथा, होंठ, गला, कंधे, उससे नीचे. उससे और नीचे. मेरी देह एतराज नहीं करती. उसे इस सब की आदत है. बचपन से लेकर आज तक. न चूमो तो उसे लगता है मामला गड़बड़ है. यह फिर नए सिरे

से एक नई तलाश में जुट जाती है. किस चीज की तलाश? प्रश्न सार्थक है, पर वह इस तरह के प्रश्नों में नहीं उलझती.

मैं चुपचाप अपने जिस्म को देख रही हूँ. पता नहीं, यह कब थकेगा? रोज इतनी मेहनत करता है, रोज वही उबाऊ काम? वह मेरी देह को पलंग पर डाल खुद तैयार होने बाथरूम में घुस गया.

मैं अपनी देह के समीप आई. वह अधखुली आँखों से मुझे देख रही है.

'इसके साथ जाओगी?'

'मजबूरी है.'

'मना कर दो.'

'नहीं कर सकती. इसी का दिया खाती हूँ. और तुम साथ भी तो नहीं देती. मेरा-तुम्हारा हमेशा झगड़ा रहता है.'

'तुम मेरी बात नहीं मानतीं. तुम्हें हमेशा अपनी जरूरतें पूरे होने न होने की फिक्र रहती है और तुम आसानी से इसके सामने समर्पण कर देती हो.'

'यह क्या सिर्फ मेरा ही कुसूर है?'

मैं चुप हो जाती हूँ. सच, इसका कोई कुसूर नहीं पर हमेशा यही सजा भुगतती है.

वह तैयार होकर आया. उसने मेरी देह को थामा और घसीटता हुआ बाहर खड़ी कार की तरफ ले चला. अब इसके पीछे चलना मेरी मजबूरी है न?

दृश्य – 2

हमारे बीच का प्रेम मर चुका था और अब हम उसकी लाश को फेंक नहीं रहे, बार-बार सँभाल रहे थे, भ्रम की तरह. फिर एक दिन हम सँभालना भी भूलने लगे और लाश सूख कर ठठरी हो गई. किसी बारिश वाले दिन हम झुक कर उसे सूँघते, जैसे सूखे फूल को सूँघते हैं पर वह बीती खुशबू का खंडहर होता. हम उसे हिला-डुला वैसे ही छोड़ देते. किसी दिन जब हमारा ड्राइंगरूम बाहर से आए लोगों से भरा होता, हम

136

उस ठठरी को झाड़-पोंछ अच्छे से सजा देते. लोग आश्चर्य से उसे देखते और हम पर रश्क करते. यह रश्क हमें रोमांचित करता और फिर हम उस ठठरी को चूमने-चाटने की व्याकुलता से गुज़रने लगते.

जब हमें कहीं जाना होता, हम बारी-बारी से उस ठठरी को अपने कंधे पर लाद चल देते. जब बोझ असह्य लगने लगता, हम उसे कार की डिकी में डाल देते. उसे हम नहीं, कार उठाकर चलती. फिर होते-होते उसे कार में ढोना भी नागवार गुजरने लगा. हम उसके बिना जाने लगे. कोई पूछता तो कह देते- कार में पड़ा है. उन्हें भी अच्छा लगता क्योंकि उसकी मौजूदगी में सभी को असुविधा होती.

दृश्य – 3

बड़ी खूबसूरत पार्टी है. शराब, शबाब, कबाब, सजी ही प्लेटें, सजा हुआ हाल, सजे हुए लोग, इधर से उधर जाते, एक-दूसरे से टकराते, शोर करते, हाथ मिलाते, चियर्स करते, एक-दूसरे को चूमते, देह से देह टकराती, चिंगारियां निकलती, चिंगारियों के फूटने का क्षणिक सुख एक लम्बे सुख का ख्वाब देता है. उस ख्वाब की ताबीर पर थिरकते हुए लोग.

उसने मेरी देह को लाकर हॉल में खड़ा कर दिया है. लोग दूर खड़े हैं, हाथ मिलाने को, स्पर्श चाहने को, अपने देह में से निकलती चिंगारियों की झलक देखने को. मेरी देह उनकी देहों से मुखातिब होती है. मुस्कान देती है, मुस्कान लेती है. कभी-कभी ये देहें एक-दूसरे से पूछती हैं – 'वह कहाँ है?'

'घर में.' वे जल्दी से दूसरी तरफ मुड़ जाती हैं. देह के मेले में देह ढूँढते लोग, पुतलों की भीड़ में पुतले ढूँढते लोग.

मैं काफी पी चुकी हूँ और नशे में लड़खड़ा रही हूँ. कुछ लोग सहारा देकर खाने की टेबल तक लाते हैं. सब खाने पर टूट पड़ते हैं, वह भी. वह यानी मेरी देह.

मैं चुप खड़ी अपनी देह को खाते देखती हूँ. दूसरों को भी. उनकी हँसी उस तेज रोशनी में ऐसे चमक रही है, जैसे घने अँधेरे में बनैले पशु की आँखें. वह हँसी घात लगाकर बैठती है और किसी की भी जरा सी

लापरवाही, बेवकूफी या नशे में लड़खड़ाकर गिरने पर उस पर टूट पड़ती है और उसके चीथड़े-चीथड़े कर देती है. जब सब चले जाएंगे, वह बची-खुची देह आहिस्ता से उठेगी, अपने टुकड़े जूठी प्लेटों, खाली गिलासों और लुढ़की बोतलों के बीच ढूँढेगी, उन्हें इकट्ठा करेगी और फिर वापस उन्हीं थीगलों को उन्हीं जगहों पर लगाने की नाकामयाब कोशिश.

दृश्य – 4

आधे से ज्यादा हाल खाली हो चुका है. जो बच गए हैं, वीभत्स, भद्दे और डरावने. उन सभी के चेहरे एक जैसे दिख रहे हैं. किसी को किसी से अलग कर पाना बेहद मुश्किल है. मुझे लगता है, अभी इनके दांत बाहर आ जाएंगे, नाखून बड़े हो जाएंगे, सिर पर सींग निकल आएंगे और ये नरभक्षी एक-दूसरे को चींथना शुरू कर देंगे. हालांकि ऐसा नहीं था कि ये काम ये अपने घरों में न करते हों पर आज लगता है, ये सार्वजनिक रूप से करेंगे. वैसे ये कर भी सकते हैं. इसका तो हर देह को जन्मसिद्ध अधिकार मिला होता है.

कुछ लोग नशे में सोफों के बीच धँसे हुए हैं. वे जानबूझकर नहीं उठते. उन्हें पता है, पहला कदम उठते ही वे लुढ़कना शुरू कर देंगे. उन्होंने बहुत खाया है पर अभी भी वे बहुत भूखे दिख रहे हैं.

कुछ भूखें बाहर से बेहद सजी हुई होती हैं. एकदम तराशी हुई. आप उन्हें किधर से भी देखें आपको लगेगा नहीं कि आप भूख को देख रहे हैं. तब वह दृश्य नहीं, अदृश्य होती है. पर पहला कौर मुँह में रखते ही उसका आपा उससे छूट जाता है और उसकी आकृति बिगड़ जाती है. वह भूख फिर दोनों हाथों से अपने शिकार पर ऐसे टूट पड़ती है कि सिवाय हड्डियों के और कुछ भी बाकी नहीं बचता. इस भूख की भयंकरता फिर भी कम नहीं होती. आपने किसी भूखे कुत्ते को हड्डियाँ चिचोंड़ते देखा है? बाहर से देखने पर लगेगा कि इसमें कुछ है ही नहीं, उसे मिलता क्या होगा? और दरअसल मिलता उसे वही लहू है, जो

हड्डियाँ चिचोंड़ने से खुद उसके मुँह के ज़ख्मों से बहता है. भूख बिलकुल इस कुत्ते की तरह होती है, आदमखोर नर पशु.

दृश्य – 5

वह मेरी देह तक आता है, जो सोफे पर लुढ़की हुई है. कपड़े अस्त-व्यस्त हो गए हैं. सज-धज गायब है और पूरे बदन पर सूखी लालसाओं के, भूखी नज़रों और पिलपिली हँसी के टुकड़े चिपके हुए हैं. मुझे अपनी देह पर तरस आता है. अब यह घर जाकर सब कुछ को रगड़-रगड़ कर धोएगी फिर अपने आपको आईने में देखेगी, तब भी देह पर जमी हुई थूक का अहसास जमा रहेगा.

वह कमर में हाथ डालकर मेरी देह को ऊपर उठाता है. अपने पैरों पर खड़ा करता है और बाहर आकर कार में डाल देता है.

कार स्टार्ट होने की आवाज़ सुनती हूँ और अपनी सीट पर लुढ़की बैठी रहती हूँ.

दृश्य – 6

दृश्य-दृश्य में खो गया है. कोई भी दृश्य साफ़ नहीं है. दृश्य तो फिर भी है. कुछ अस्फुट आवाजें दृश्य में गिरती हैं और उसके अँधेरे में खो जाती हैं. कभी-कभी वे उछल कर ऊपर उठती हैं और उनकी टेढ़ी-मेढ़ी परछाइयाँ दीवार पर पड़ती हैं. दीवार पर पड़ती परछाइयों से दृश्य की भयावहता का अनुमान हो जाता है. दृश्य एक-दूसरे में गुँथ जाते हैं तो दीवारों पर गुँथी हुई परछाइयों के दृश्य उभरते हैं. जब आवाजें थकने लगती हैं तो परछाइयाँ फिर वापस उसी अँधेरे में गिर जाती हैं.

मैं दीवार पर परछाइयाँ देखती हूँ. बनती-बिगड़ती और उस अंतिम सिसकी में अंतिम बार डूबती. नहीं, अंतिम नहीं क्योंकि कुछ भी अंतिम नहीं होता, जैसे कुछ भी प्रारंभ नहीं होता. जो है, सदा से है.

दृश्य – 7

वह गहरी नींद में खर्राटे ले रहा है. मैं अपनी देह के पास आती हूँ. वह गहरी थकान से लस्तपस्त आँखें फाड़े अँधेरे में जाने क्या देख रही है.

मैंने देखा – वह दुःख जो कुछ क्षण पहले बेहद शोर मचा रहा था, इस पार से उस पार तक इस तरह फ़ैल गया था कि दूर तक कुछ भी न दिखता था, अब वह सिकुड़ कर छोटा हो गया है, ठोस हो गया है बर्फ की तरह और अंदर की ठंड में चुपचाप पड़ा है. जितनी देर इसे गरमाई नहीं दी जाएगी यह इसी तरह पड़ा रहेगा. गरमाई मिलते ही यह पिघलने लगेगा और फिर फ़ैल जाएगा. मैंने पहले ही अपने आपसे कहा था.

किसी भी चीज को अपने अंदर जगह मत दो. वहां इसके फैलने की असीम संभावनाएँ हैं. सुख हो या सुविधा, दुःख हो या दुविधा, अंदर पहुँचते ही यह गर्म भाप की तरह चीजों को पिघलाने लगते हैं और जो सालों से रखा है तुमने सँभालकर, कितना कूड़ा-कबाड़ और न जाने क्या-क्या, मन की दीवारों से पलस्तर की तरह झरने लगता है. तब अपनी नंगी दीवारें देखकर तुम खुद ही रोने लगते हो और फिर नए सिरे से उन्हें ढँकने के अथक प्रयत्न में जुट जाते हो हालांकि जुटता तो फिर भी वही सब है. पर क्या हुआ, कुछ नहीं. मैंने मानी अपनी बात, नहीं न.

मैं अपने और नजदीक आती हूँ. हाँ, यह मैं हूँ. जब तक हम दोनों अलग-अलग रहेंगे, हमें कोई भी जीत सकता है. मैं किसी के पास रहूँगी, देह किसी और के पास और हम दोनों ही आधे-अधूरे. नहीं, अब नहीं, बार-बार नहीं.

मैंने अपनी देह के सिर पर हाथ रखा. 'तुम्हारी भूख मेरी है, तुम्हारी प्यास मेरी. तुम्हारी चाहना, तुम्हारी लालसा, तुम्हारे पाप, तुम्हारे द्वेश, तुम्हारा नरक, तुम्हारी क्षुद्रता, तुम्हारा देवत्व, तुम्हारी पीड़ा, तुम्हारे आँसू मेरे हैं. हम क्यूँ अलग-अलग रहकर अपने वजूद को बिखर जाने दें. कुछ भी पाप नहीं है क्योंकि कुछ भी पुण्य नहीं है. यह सत्य आज मैं पहली बार स्वीकार करती हूँ.'

मेरी देह ने मुझे देखा और मेरी गोद में सिर रखकर रोने लगी.

वह एक लम्हा था, जिसके भीतर मैंने खुद को बार-बार पुकारा था. वह एक लम्हा था जो मेरे अन्दर और बाहर था. जिसके अंदर भी मैं थी और बाहर भी मैं. वह लम्हा एक भूख की तरह मेरे अंदर जन्मा था और अब प्यास की तरह देह के समंदर की रेत पर फ़ैल रहा था. रेत जो उम्र की धूप में तीखी, तेज और गर्म हो रही थी. रेत, जो समंदर सोखना चाहती थी, पर उसके पास सिर्फ एक लम्हा था. लम्हा, जो किसी भी वक्त खो सकता है. वह होता ही खोने के लिए है. रेत तो सर्वदा है, हमेशा.

मैंने उस लम्हे को अच्छी तरह फैला लिया. अपने अंदर से बाहर तक. हाँ, वह फ़ैल सकता है पर जितना फैलता जाता है, कमज़ोर होता जाता है. इसकी परत किसी भी क्षण टूट सकती है और मैं इसकी सुरक्षा के दायरे के बाहर फेंकी जा सकती हूँ, जैसे किसी गहरी झील पर एक हल्की सी परत बर्फ की जम जाती है, बेहद कड़ाके की ठंड में. हम सोचते हैं हम निकल जाएंगे पर बर्फ टूट जाती है और हम अंदर जा गिरते हैं.

पर तब तक. बर्फ टूटने के पहले तक मैं तो हूँ और वह लम्हा भी है ही. बहुत है.

जया जादवानी का परिचय

जन्म – 1 मई 1959 में कोतमा, जिला –शहडोल [मध्यप्रदेश]

शिक्षा – एम. ए. हिंदी और मनोविज्ञान

रुचियां- जीवन के रहस्यों और दुर्लभ पुस्तकों का अध्ययन, यायावरी, दर्शन और मनोविज्ञान में विशेष रूचि.

कृतियाँ :-

कविता संग्रह :

1- मैं शब्द हूँ

2- अनंत संभावनाओं के बाद भी

3- उठाता है कोई एक मुठ्ठी ऐश्वर्य

4- पहिंजी गो॒ल्हा में (सिंधी काव्य संग्रह)

कहानी संग्रह :

1 : मुझे ही होना है बार –बार

2 : अन्दर के पानियों में कोई सपना कांपता है

3 : उससे पूछो

4 : मैं अपनी मिट्टी में खडी हूँ कांधे पे अपना हल लिये

5 : समन्दर में सूखती नदी [प्रतिनिधि कहानी संग्रह]

6 : बर्फ़ जा गुल [सिन्धी कहानी संग्रह]

7 : खामोशियुनि जे देश में [सिन्धी कहानी संग्रह] सिंध में भी प्रकाशित

8 : ये कथाएं सुनाई जाती रहेंगी हमारे बाद भी - प्रतिनिधि कहानी संग्रह

उपन्यास :

1: तत्वमसि

2: कुछ न कुछ छूट जाता है

3 : मिठो पाणी खारो पाणी [सिन्धी में भी प्रकाशित]

4: मिठो पाणी ख़ारो पाणी (सिंध में भी प्रकाशित)

अन्य :

''अन्दर के पानियों में कोई सपना कांपता है'' पर 'इंडियन क्लासिकल' के अंतर्गत एक टेली फिल्म का निर्माण

अनेक रचनाओं का अंग्रेजी, उर्दू, पंजाबी, उड़िया, सिन्धी, मराठी, बंगाली भाषाओँ में अनुवाद.

एक कविता सी.बी.एस.सी ८ में चयनित ''इतना कठिन समय नहीं''

हिमालय की यात्रायें.

लद्दाख पर यात्रा वृतान्त.

मुक्तिबोध सम्मान.

कहानियों पर गोल्ड मैडल.

'मिठो पाणी ख़ारो पाणी पर कुसुमाँजली अवार्ड - 'मिठो पाणी ख़ारो पाणी' पर

कथाक्रम अवार्ड

संपर्क:

बंगला # १४, ख़ुशी एन्क्लेव, वी.आई.पी.- माना रोड, पोस्ट रविग्राम, अमलीडीह, रायपुर – ४९२००६ (छ.ग.)

फ़ोन:+919827947480

ई-मेल : jaya.jadwani@yahoo.com

Jadwani.jaya@gmail.com